KB116136

청어詩人選 280

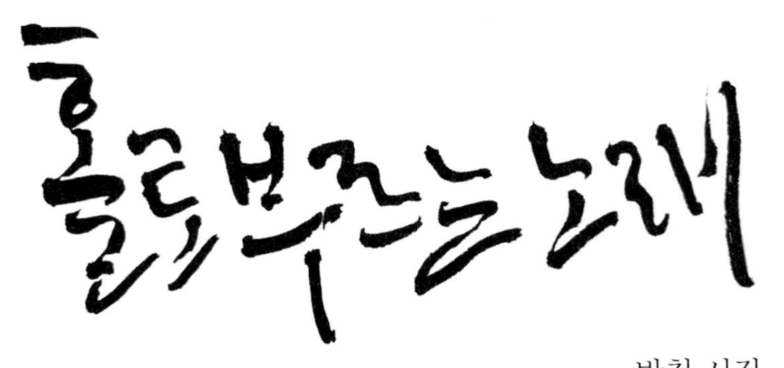

박철 시집

도서출판 청어

홀로 부르는 노래

박철 시집

시인의 말

시간의 흐름을 인지하는 순간, 말이 빨라지고, 걸음걸이가 바쁘고, 할 일이 많다는 느낌이다. 나이가 들어간다는 말이 아니라 익어간다고 표현하는 시대에서 나도 누군가를 위해서 좋은 일, 착한 일, 존경받는 일을 해야 한다고 항상 생각하지만 쉽게 실천을 못하고 머리에서 빙빙 맴돌다 사라지는 신기루를 본다.

시간이 많이 흘렀다. 약속한 시간이 지나도 한참이 지나서야 실천 할 수 있어서 그래도 다행이다. 제1시집 『그림자놀이』라는 시집을 출간 하고 나서 바로 2014년 『예수가 죽어가고 있다』라는 시집을 출판한지 7년 만에 다시 시집을 출판하니 초등학생이 중학교에 입학 하면서 다시 쓰는 일기장 같다. 매년 한 권의 시집이나 에세이집을 출판한다는 의지는 사라지고 세월의 흐름에 장단 맞춰 춤판을 벌이면서 세월을 보냈다.

어느 날 약속을 잊은 아이에게 꾸지람을 하는 어머니의 목소리가 들려오고 다시 펜을 잡기 시작하고 흐트러진 글들을 모아 출판을 하게 되어 반갑다.

이 책은 5부로 나누어서 글을 실었는데, 1부에서는 '시, 끝없는 사랑'이라고 시에 대한 일상의 글을 적고 시인이 꿈꾸는 시에 대한 구애를 적었다. 나름대로 시대의 흐름을 적기도 했고 제목이 없는 시의 흔적을 남기기도 했다.

2부 '꽃, 나무를 사랑하며'라는 부분에서는 자연에서 느끼는 교감을 그대로 표현하면서 나름대로 자연에 대한 끝없는 사랑을 표현했다. 꽃, 나무는 시인들이 가장 애용하는 단어들이지만 그들과의 교감을 통해서 나도 스스로 정화되고 마음이 충족되는 느낌을 받으면서 살아가는 삶의 평온함을 느낀 감사한 존재들이다.

3부에서는 '짧은 글, 긴 여운'이라는 단시들이다. 비록 촌철살인으로 비수를 던지지 못 할지라도 나름대로 간단명료하게 느낀 점들을 표현해 보았다. 시대가 빠르게 변하고 긴 말이 필요 없는 세상에서 젊은 친구들이 대화하는 간결한 메시지는 나름대로 이해하려고 시간을 소비하는 사람이다.

4부에서는 '사랑하는 나의 가족'이라는 부분이다. 항상 감사한다는 말을 해야 함에도 불구하고 무뚝뚝하게 대면하는 나의 아내, 나의 자식들, 그리고 돌아가신 부모님들, 그리고 형제자매들 모두에게 감사하고 고맙고 사랑한다는 말을 전하고 싶다. 여기 실은 시들을 보면서 잠시나마 서운한 감정을 눈이 녹듯 사르르 녹여 주었으면 하는 바람이다.

5부에서는 신앙을 고백하며 쓴 시들이다. 특히 성지를 순례하면서 느낀 점과 신앙을 위해서 목숨을 바친 순교자들을 대하는 순간, 스스로 고개를 숙이며 무릎을 꿇고 기도를 했던 기억이 떠오른다. 많은 시간을 소비하면서 성지순례를 했고 특별히 기억하는 곳은 제주도의 성지순례를 마치고 추자도에서 온종일 하루를 보내면서 망망대해를 바라보며 성인들의 고통을 함께 했던 기억들이 생각났다.

시를 쓰면서 항상 감사했던 분이 나의 아내 구정인 여사이다. 묵묵히 바라보아 주고 물심양면으로 힘을 준 인생의 동반자이자 친구이다. 그리고 나의 보석들 큰아들 용성이, 작은 아들 용남이, 이쁜 딸 용희, 그리고 착하고 이쁜 며느리 홍지영, 사위 정만택, 모두들 사랑하는 나의 보석들이다.

그리고 해설을 해준 권대근 박사, 친구이면서 문학평론가 교수님, 감사하고 휘호를 써 준 서예연구가 봉강 최규천 선생님, 책의 제목을 써준 의곡 글빛 박혁남 교수님 그리고 표지 그림을 그려 준 이쁜 며느리 홍지영에게도 감사의 인사를 올린다.

출판에 도움을 주신 청어출판사 이영철 사장님과 편집부 직원들 모두에게 감사하며, 모든 분들이 주님의 은총 속에서 행운과 평화가 항상 함께 하시길 기도드려 본다.

몽유헌(夢幽軒)에서
월광 박철 쓰다

朴公生涯至詩境
哲賢深香四海動

祝朴哲詩人第三詩集出刊記念 崔圭千書

휘호(揮毫)_봉강 최규천 선생님

차례

2부 꽃, 나무를 사랑하며

3부 짧은 글, 긴 여운

4부 사랑하는 나의 가족

5부 신앙을 고백하며

제1부

시, 끝없는 사랑

詩

詩를 쓴다는 서글픔에 녹아든 오욕칠정
쇠사슬이 온몸을 칭칭 감아도
나는 시를 쓴다

그 속에서 내가 자라고 숨 쉬는 것
아름다운 무리들이 나를 유혹하고
시기하며 질투하는 무리들이 가슴을 후빌지라도
나는 시를 쓴다

언어의 유희에 빠져 허우적거릴 때
비수가 가슴에 파고들 때
복수라도 할 것처럼
나는 시를 쓴다

달빛 아름다움에 취해 밤을 하얗게 보내고
태양의 눈부심에 반해 정처 없이 걸어가더라도
내일은 또 내일을 잉태하는 어리석음에
나는 시를 쓴다

내면의 무식이 표현되고
나락에 떨어져 손가락질 받더라도
칭찬 받은 아이처럼 도도하게
나는 시를 쓴다

*오욕칠정(五慾: 재물, 색, 음식, 명예, 수면, 七情: 희, 로, 애, 락, 애, 오, 욕)

해고
-생각 없이 가는 길

마음이 쓸쓸한 날
일상의 일 접고
축축해진 마음 달래려고
생각 없이 길을 간다
들바람이
유월의 밭고랑을 넘고
콩밭의 잎들 파도를 타며
포말처럼 다가오는
하얀 물결의 노랫소리 듣는다
뭉치고 맺혀 있던 마음의 응어리
고운 햇볕 쪼이며
쉬운 길로 걸어가 본다
들풀의 향그러운 냄새 맡고
아이처럼 수줍은
들꽃의 함박웃음 보며
먹구름 밀려와도
툭툭 털고 일어서야 한다
먹먹해진 가슴
쓸어안고
생각 없이 길을 간다

*대우전자(일렉트릭) 해고자들의 슬픈 사연을 접하며

시장 아낙네

질퍽한 욕설 속에
정(情)이 흐르는 소리를 듣는다
무식한 표현이 바위처럼 강직하게 누르고
간단명료하게
답하는 여인네 상술
지나온 시간의 무게만큼
그게 보인다
방정식보다 어렵고
먼 나라 언어보다 어려운
돈버는 비결
그녀의 웃음으로
쉽게 이어간다
지나가는 여인네의
펑퍼짐한 둔부에서
희망을 보고
시장바구니의 무게에
경제가 보이고
힘든 아낙네의 얼굴엔
그래도
희망이 영근다

갈림길
-선과 악의 사이에서

내 억센 주먹으로 한대 갈기고 싶다
(인간이 불쌍해서)
삶의 무리에서 수없이 참아왔던 일
몸서리치도록 슬퍼도 해 보지만
구제할 수 없는 인간의 무리들을
내 큰 주먹으로 한대 갈기고 싶다

미워하지도 말자 슬퍼하지도 말자
돌아오지 않는 아쉬움의 시간
쉼 없이 흐르는 냇물처럼
곧 사라지는 흔적들
바뀌는 흐름에 적응하는 인간 군상들

지금 잘못된 황소들의 반란
인간의 욕심에서 옭아맨 쇠사슬의 고리들
모두가 내 탓이련만
후세에게 무슨 말로 변명할까?

먹이사슬의 굴레를 벗어던지고
풀뿌리 민족으로 살아야 하나
웃고 손잡은 약속에서
축산농민의 시신이 떠오른다

민족의 설움이 복받쳐 오르고
만주 벌판을 맴 돈 영혼의 넋이
우리 후손의 손에 곱게 곱게 피어나리라고

기방도를 보면서
-혜원 신윤복 선생님 그림

정원의 뜰을 거닐다,
혜원 신윤복 선생을 만나
기생과 은근짜 갈보를 보다
詩가 가락을 타고 몸짓은
덩실덩실 대청마루를 쓴다
새하얀 피부에 초승달 같은 눈썹,
틀어 올린 머리에 귓불은 복숭아 빛,
감아올린 치마 사이 새촘히 보이는 고쟁이
긴 곰방대에 피어나는 욕정
한량인가? 난봉꾼인가?
아님 젊은 선비의 객기일까?
뜰 안 가득 진달래 피고
동동주 한 사발 돌고 돌아
검은 항라 갓끈은 풀어지고
흰 도포 잡아당긴 옷고름이 나비 되어 날아간다
은근슬쩍 보낸 사연
풍채 좋은 사나이의 맵씨는
거시기로 쏠려 오고
한나절 보낸 시간 일장춘몽으로 다가오면
젊은 선비 도끼자루 썩는 줄 몰라

100년을 넘나든 사연에 시조 한 수 읊고
혜원 선생의 붓놀림에
몸도 마음도 따라 돌고 돈다
아! 그립다,
그 시절

망각
–비밀번호를 잊고

숫자가 흐른다

동수의 배열은 없고
나열되는 숫자
우주의 끝을 향하고
한계가 지어지면 숫자의 흐름은 빨라진다
표현되는 숫자
나열이 길어지고
0과 1로 이루어진 기막힌 사연

기계는 안다

알 수 없는 것은 뇌를 가진 인간
인간이 만든 틀 속에 갇혀
미로를 헤맨다

아이디는 기억속의 저편
비밀번호는 옛 추억
돌릴 수 없는 과거로의 여행
희미한 등대를 보며 아쉬워한다
인간이 톱니바퀴에 매달려 돌고
막막한 날들
이어지는 수확은 없다
대지로 돌아갈 경계의 숫자

숭의동 달동네

무거운 어깨 들썩이며
손에는 과자봉지 하나 싸들고
헐떡이며 걸어온 길
가로등도 정겹게 맞이하고
지붕은 덕지덕지 꿰매서
누더기처럼 앉아 있고
문과 문이 비켜서야
바람도 지나가는 좁은 골목
된장국 냄새, 라면 끓이는 냄새 피어나고
큰소리 들릴까봐 조바심에
소근거리는 골목길
땀에 절은 옷소매
정겹게 잡아끄는 아내의 손길
하루의 피로가 깃털만큼 가벼운 순간
어린 시절 꿈이
지붕 높이만큼 낮아져도
삶의 무게가 천근만근 내려앉아도
옆집 아주머니의 정감어린 말씨에
모두가 사촌인걸
담장 높이가 턱 아래 즐비하고

달도 함께 쉬었다 가는 동네
숭의동 290-1번지
꿈을 먹고 사는 동네
언제쯤 아름다운 이야기 꽃피어
김씨 할아버지 굽은 등 펴지고
박씨 할머니 주름살 펴질까?
골이 깊은 주름살 사이로
살아온 이야기가 살포시 피어난다

가을 유혹

가을의 끝자락에 색깔이 그네를 탄다
어떤 색깔을 먹을까?
연둣빛 상큼한 모과
노오란 비타민 유자
노을빛 담은 사과
모두가 나를 유혹한다
한잔 술에 취한 구름이 흘러가며
빨갛게 익은 감을 선물 한다
홍조 띤 새 색시 얼굴을 먹어보나?
무지개가 시샘하듯 동산에 걸터앉아 시비하면
색을 먹고 취한 겨울의 문턱
온 산은 단풍으로 단장하고 유혹하면
갈대머리가 하얗게 머리를 풀고 다가온다
자줏빛 머루 한 송이 먹고
달콤함에 취한 오후
풍요로움에 가슴은 따뜻하다

아집
–욕심을 추구하는 인간을 보며

가로수 은행잎이 파르르 떤다
간밤 내린 비로 성큼 추위가 다가오고
나무는 겨울준비에 한겹 두겹 잎새를 털어낸다
계절 따라 변하는 색깔에 마음도 따라 색이 변한다
마음은 무슨 색으로 다가오나
저음의 음악이 흐르고 계절을 맞는다
잘난 사람들의 행렬에 초라한 모습은
시간의 흐름을 잃은 멈춰버린 시계다
인간의 울음에 가식이 배어나면
쓰레기보다 악취가 심하다
음악이 흐르고
독선이 스스로 무너지면 결과는
깨달음 없는 가식으로
증오만이 흐르고 있다
알몸으로 겨울을 나는 나무를 보면
두껍게 입은 인간이 초라하다
스스로 버림으로 새로 태어나는 우주의 변화에
강물은 항상 그곳에서 그렇게 흐른다
마음의 여유는 사라지고
욕심이 무엇인지 슬픔이 묻어난다

夢遊
–나른한 오후에

찻잔 속에 살포시 나비 한 마리 날아와 앉는다
마주 바라보는 너
침묵이 흐르고
피어오르는 수증기 사이
돈오의 얼굴이 반사되고
마음은 부처를 따라 간다
사랑하는 사람을 만들지 말자
그리워 못 만나면 병이 되고
미워하는 사람을 만들지 말자
스쳐 지나가다 만나면 괴로우니까
동공은 커지고 나비는 난다
꿈이 보이고 마음은 가벼워 산천을 주유 하며
스쳐 지나가는 바람이 향기를 전한다
사소한 일에 화는 하늘로 솟고
갈대를 꺾는 일이
목을 자르는 아픔이다
들꽃을 밟는 일이
목을 죄는 슬픔이다
메아리를 부르는 일이
산속 동물을 학대하는 비참함이다

다람쥐 한 마리 놀란 가슴 쓸어 안고
두 손 비비고 인사 한다
마음의 여유가 나비와 함께 오고 간다

가지 끝 홍시 몇 개(까치밥)

시린 하늘에 고운 마음 보고 있노라니
가슴도 따뜻하고 눈[目]도 밝아 온다

따스한 눈길
다정스런 미소
넉넉한 마음 어우러져 하늘에 피어나고 있다

빠알간 홍시 감 몇 개
아스라이 매달려 있고
바람은 무심코 지나만 간다

텅 빈 하늘 나는 까치
조잘거리며 함께 하는 참새 떼들
배고픔에 지날 수 없어 어깨 타고 쉬어 간다

간밤 가슴 조였던 그리움 쌓이더니
무서리가 온몸을 덮고 시린 등은
고운 당신 맘으로 녹아 난다

울 밑에서 서리 맞은 국화
혼자 울더니만
가슴 속 깊이 아리어
님 그리며 홀로 있다

오늘은 첫눈이 올 건가?

훌쩍 떠나는 가을 낙엽
홀로 배웅 하는 아쉬움 깊어 가고
따뜻한 당신 마음에
홍시 한 개 뚝 떨어져 번진다

꽃이 울고 있다
–화투판을 보면서

폭포수 물줄기에 면도날을 갈아 욕망의 뿌리를 잘라 본다
수없이 반복되는 실패에도
꿈은 항상 영글고
머리에 스치는 승자의 달콤함에
꽃놀이 판은 돌고 돈다
시작의 환희보다 끝의 공허함을 달래기 위해
곤두선 머리카락을 쓸어보고
뛰는 심장을 누르며 눈길은 오직 평온이다
감추어진 표정 사이
어둠이 깔리고 밝음을 드러내는 술수가
연기 속에 아른거린다
허무와 좌절이 내재된 무거운 꽃놀이 판
창 속에 갇힌 홀로 된 공간
혼자서 걷고 있는 고독감에
중얼거리는 소리는 미친놈의 하소연이다
꽃이 울고 있다
밤이 무덤을 만들고 그 위에 십자가 세워지며
안식을 기다리는 살아 있는 몸뚱아리가
평온을 찾아 헤맨다
눈물로 채워진 물줄기 따라 즐비한 시체의

군상이 지나간다
망국의 길– 파산의 길
이어지는 행진 속에 우주와의 교접은 끝나고
꽃의 울음 듣는 승자도 홀로 길을 걷는다
승자도 패자도 함께 운다
꽃이 울고 있다

통화

기발한 발상
신선한 두뇌
정육점에서 갓 내놓은 한우의 머리도 아니다
뇌골 속으로
등골 속에서 신선함
날개 없는 선풍기가 날고
버튼 하나로 밥상이 차려진다
기발하다거나 신선하지 않다
公的이라는 것
價値
神仙
기준 위에 기준이 틀을 깬다
정보의 바다에서 遊泳 하고
오직 한 가지
모든 굶주림이 誘惑 하는 곳으로
움직이는 觸手
누구도 우위를 가릴 수 없는 텅 빈 空間
숫자놀음에 인간은 바보가 되고
거리의 행진이 길면 길수록
원하는 수치는 零點

遠點에서 출발하는 꿈

눈은 하늘을 보고

입은 사탕발림

코는 향기로움을 탐하고

손에서는 戀書를 쓴다

가슴은 또 다른 空虛

내가 잡은 핸드폰 속에서 세계가 陷沒한다

나는 꼭두각시

우리는 벨에 장승배기 되어 놀아난다

홀로 부르는 노래

홀로 부르는 노래 하늘을 난다

강물에 배 띄워
노 젓는 소리
노래가 물이 되어 흘러 적신다

노래는 청정한 강 물속에 흐르고
물은 그리움 속에
노래를 가슴에 안고 흐느낀다

물이 분출하는 노래
노래 속에 피어나는 님의 음성
어둠과 빛이 갈라지고
생명의 뿌리로 탄생하는 노래

시간과 공간이 물속으로 흐르고
노래는 더 높은 곳을 향한 몸부림
너를 부르는 노래
영혼이 노래하는 피맺힌 절규

물이 흐르듯 노래도 흐르고
이중으로 소리는 흐르고
노래는 빈자리를 찾는다

내 영혼이 홀로 부르는 노래

무상(無想)

바람이 있어도
바람이 없다
살갗에 스치는 느낌도 없이
가슴에 파고드는 바람
볼 수도
만질 수도 없어도
속은 확 트인 고속도로를 타고
동해 먼 심해로 간다
돌고래의 힘찬 몸놀림에
나비의 날갯짓이 미풍을 일으킨다
가슴에 점 하나 찍고
홀연히 사라지는 시상(詩想)
꿈틀거리며 기어오르는
달팽이의 몸짓으로
온몸으로
발버둥치는 지렁이의 모습으로
아주 낮게
아주 느리게
바람은 일지 않았다
바람이 있어도
바람은 없다

불면(不眠)
–잠 못 이루는 밤을 위하여

소리가 없었다
하얀 소리
밤 새워 울던 그 바람도 소용없다
하얀 소리가 고양이 발로 왔다
태초의 소리도 없었다
소리가 품은 색깔은 없다
잠이 온다
나락으로 떨어져 한참을 울다
잠에서 깬다
불면의 밤
축복의 선물이 가슴에 안긴다
뼈다귀를 문 개가
응시한다
집으로 가는 길은 평온

거리의 악사

아이가 웃고 있다
덩실거리며 어깨춤이 절로 피어난다
하늘을 날고
소리는 무지갯빛
보라색을 보았다고 하고
파란색을 보았다고 했다
여름밤의 공기에 아름다운 색이 입혀진다
청계천의 물가
해운대 해수욕장의 모래밭
홍익대 대학로에
뒹구는 낙엽 따라
버스킹이 있다
미국 뉴욕에서 센트럴파크
워싱턴 스퀘어파크
관광객이 춤을 춘다
젊은 커플이 흥얼거린다
정장차림의 회사원이 손뼉을 친다
노인이 조용히 미소 짓고 있다
아이는 소리에 흥이 겨워
눈가에 이슬을 맺는다

아이는 천상을 보았다고 울고 있다
천상의 소리가
무지개로 피어난다

판문점
−통일을 그리워하며

한 사람이 파란 통을 들고 걷고 있다
흘린 페인트가 그림을 그리기 시작했다
한 사람이 빨간 통을 들고 걷고 있다
흘린 피가 그림을 그리기 시작했다
한 사람이 삽을 들고 걷고 있다
삽질은 허공을 맴돌고 흙은 움직이지 않는다
고추나무에 빨간 고추와 파란 고추가 함께 있다
파란색과 빨간색이 어우러지는 그림
여기에는 없다
어울림 한마당
걸으면서 그리는 그림이다
판문점은 닫혀 있고
하늘과 땅에는 색깔이 없다
바람과 구름이 흐르고
땅은 그대로 바라본다
아프다
산이 파랗고
산이 빨갛고
민둥산이 그대로 다가오면
먹먹한 가슴에

파랑새 한 마리
철조망 넘나들고
색깔의 표현은 의미 없다

밤길

마음 속
별 하나가 있다

별이 생기니
달도 따라 오고
해도 따라 온다

그리스 신화(옛 이야기)
새록새록 피어나고
토끼와 계수나무
할머니의 이야기 속에서
엄마 얼굴 그리며 따라온다

별이 총총
가슴 깊이 파고들고
떠날 줄 모르는 별을 잡고
아이의 눈동자 속에서
빛나는 별을 본다

오늘 밤
외롭지 않게 서서히
아주 느리게
걷고 있다

봄바람

(봄이 살아 움직이는 것
–죽음으로부터의 환희)

어느 산 중턱
시신이 없는 묘에는 바람이 먼저 들어와 자리를 잡는다
어느 날 팔 하나가 묻히고
그로부터 몇 날이 지나 다리가 묻히고
어느 시간 뒤
묘 하나가 만들어진다
혼자서 묘를 파고 스스로 묻히는 생의 마감을
바람의 말이 전한다
머리뼈를 태양빛으로 잘라
뇌를 끄집어내고
폐와 심장 간을 잘라 잘게 부순다
死因은 바람이다
한줄기 눈물이 뺨을 적시고 있다
평화로운 죽은 모습이
바람의 말로 전하고 있다
나무의 뿌리를 찾아 탯줄로 이어지는 환희
죽음으로부터 삶이 이어지는 공존의 소리
바람은 안다

봄빛 가득한 꽃향기
뇌를 서서히 마비시킨다
코 끝
바람이 속삭인다

호랑이 장가가는 날

허! 참 햇살이 맑다
허! 참 바람이 곱다
서울역 앞 아스팔트길을 걷다
햇살이 맑아
사람들의 머리가 모래알처럼 반짝이고
인간이 만든 비가 내린다
호랑이는 좋겠다
장가가면 색시 안고 웃겠지
마음은 하늘을 날고
비 뿌리는 인간은 같은 민족
광장의 민중은
성난 핏줄 튀어 오른 팔뚝으로
꽃피는 시절
진달래 피어오르고
매화 산수유 목련은 저만큼 걸어간다
찔레꽃
그리움으로 향기 뿜어내면
님들의 함성
향기로 변할까?
인간이 뿌린 물줄기에 인간이 비 맞은 생쥐로 변하고

햇살은 무지개로 노래한다
호랑이 장가가는 날인가?

(서울역 데모 현장에서 경찰은 물대포를 쏘고
민중은 의연하게 외치고……
나는 방관자로 비겁하게 길을 걷다)

산사 가는 길

죽비소리 들리고
주름진 방석
흐느껴 울기 시작한다
묵언 수행하는 스님의
눈빛이 눈 속에 묻힌다
윤주사 석탑
훔쳐보는 돌장승이 여유롭고
공손히 맞잡은 두 손
일주문 뒤 사천왕상이 무섭다
스님의 뒷모습에 피어나는 꽃그림 하나
봉암사 돌부처가
너럭바위에서 놀고 있다
살며시 잡아 본 손
돌부처가 웃는다

대화
–교통정리

호루라기 하나
손짓 하나
안과 밖의 공존
선과 선이 맞물려
빛을 발하는 신호등은 제 갈 길을 가고
지구의 어느 들판
눈 덮인 광야
바람은 불어 흔적을 지우고
사람은 눈을 부라리고
욕심은 끝이 없다
심판관은 먼 데 하늘만 응시하고
띄엄띄엄 앉아 있어도
칼과 창은 서로를 응시
침묵은 흐르고
주름 잡힌 시간이 지나면
차 한 잔이 끼어들어 훈훈한 시간
내 의자 하나
빼앗기지 않으려고 몸부림치는 아우성

산길을 걸으며

문득
하늘을 보며 생각나는
그리고 지나다
강을 보며 생각나는
한참을 쉬고
산을 보며 생각나는
누군가를 그리며
지나온 세월의 뒤안길에서
나를 본다
내 마지막 얼굴
그리움 끝에 서서
누군가의 얼굴에 그려져 있는
미래의 꿈
살포시 미소 지며 다가와
품에 안기어 나를 다독거리는
그리운 이의 얼굴
가슴을 불태운다
바람이 다가와
어루만지며 지나간다

코로나 시절의 일상

보고 묻고 살피고 건져 올린 물음표
쉼표로 살아가야 하나
단둘이 앉아 눈맞춤을 이어가는 몰입의 시간
우산이 필요하다
사라진 일상
잊혀진 죽음
자영업자는 피눈물 속에 응어리진 빵이다
잃어버린 학교생활
예비부부의 막연한 기다림
부모의 죽음도 보지 못하는 불효
생존의 벼랑 끝
긴급재난지원금은 언 땅의 오줌 누기
큰 정부냐! 작은 정부냐! 문제없다
이념은 떠나고
집으로 향하는 발걸음이 빨라졌다
띄엄띄엄 혼자 살기에
새들은 넘나들고
희망은 찬바람에서 오고
일상이 내려앉은 껍질을 깨고
너는 알까
나는 홀로
나는 나를 비우고
새로운 길을 간다

길

욕망으로 가득 찬 거리를 혼자 거닐다
혼자 먼 길을 가는 길
고단함과 외로움은 친구다
부스스한 머리칼
구부정한 어깨
코 밑 낮게 드리워진 안경
누렇게 드러낸 이빨
힘없이 말랑말랑한 가슴
마음의 길을 닦고 있다
길은 단순하고 평화롭다
영혼과 육신이 쉬어 가는 곳
아무 곳도 없다
간다
그래도 간다
힘없이 간다
괴나리봇짐
등에 메고
더불어 간다
고개 넘어 누이의 무덤가에
홀로 피어 향기 뽐내는

들국화 맞으러 간다
정안수 떠놓고 자식 위해
기도 드리는
엄니 보러
하늘길 올라간다

무제(無題) I
–오늘, 하루

하루의 시작이다
벽과 벽으로 이루어진 공간을 뛰어 넘는다
시작도 벽이고 마침도 벽이다
벽 속에서 꿈이 피어나고 벽 속에서 홀로 꿈이 사라진다
동그라미 그리다가 갇힌 직선의 틈 속에서
꿈은 몽실 몽실 피어난다
벽 속의 장식은 시베리아 벌판의 얼어붙은 수레바퀴 속에 응
고되고
벽 밖의 현실은 거리의 쓰레기를 줍는 노인의 몸부림이다
항해하는 선장의 운전대는 평화다(팔정도)
직선과 곡선이 서로 웃고 우주는 온통 별빛이다
전설 속 달나라 계수나무는 그래도 시원하다
사방이 온통 막힘과 찜통인데
신선하게 다가오는 태풍의 아우성
쓰나미는 인과응보다
홀로 걷는다
태초에 창조자는 벽과 벽을 만들지 않았다
초원의 평화는
아담과 이브의 사랑이다
거리를 걷는 예수 석가가 인사하고

소크라테스는 말한다
“너 자신을 알라”
우리는 시작한다
삶이 벽 속에서 꿈을 꾸며
아름다운 무지개를 바라본다
직선은 곡선을 이길 수 없고
환한 미소가
오늘 하루를 응원한다

무제(無題) Ⅱ

삶의 흔적을 부끄러워 하지 마라
나의 상처는
훈장이 되어
가던 길
이정표 되어
희망의 길로 인도한다

세상은 가로도 세로도 아닌 둥글다
둥근 세상은 모서리가 없어서
상처도 없다
그래도 상처가 생기면
상처 받는 몸
누가 치유할까?

사람과 사람 사이는
멀고도 가깝다
사람의 상처는
사람들로 인해서 만들어지는 것
누가 누구를 탓할까?

신이 인간을 사랑할까
인간이 신을 사랑할까
사랑한다는 말에 대한 묘한 느낌
인간과 인간
신과 신
진리가 평화롭다

아침이 다가오고
해가 중천에서 놀고
저녁노을이 펼쳐지면
평화롭다는 느낌은
오늘 하루의 삶도 안녕이라는 평온

독설

세상살이 시끄러워
창문을 닫으니
햇빛도 바람도 멈추는구나
독방에서 홀로 글 읽으니
귀뚜라미 한 마리
벗 하고자
책장 위로 뛰어 들구나
이놈이 나를 알고
함께 벗 하자네
홀로 두지 않구나
그~저 하는 말
비수처럼 가슴에 파고드는데
이놈은 긴 수염만 쓰다듬고 있네

시간의 흔적

일상의 언어
몇 마디 건지려고
악악 쓰며 견디어 온 세월
해와 달 스치고 지나가고
허옇게 변한 흔적
지우려고 불칼을 쓴다
삐걱거리는 톱니바퀴 사이로 동강난 시간
뭉텅뭉텅 잘려나간 시간이 그립다
세월의 흔적
양은냄비에서 펄펄 끓고
아이는
엿 맛으로 꿈을 꾼다

소통

앞문을 열고
뒷문을 여니
바람이 달려와 안기네
안고 보니 너무 쉬운 걸
움켜쥐고 입 다물면
가슴에 쌓이는 응어리
손 잡고 입 열면
그냥 술술 풀리며
날아가는 것
창공을 나는 새는
바람 불어 얼마나 좋은가

눈 오는 날

눈이 내린다
소란과 소음이 차단되고
침묵의 소리가 피어난다
누군가의 발자국이 다시 덮이고
쌓인 눈 속에서 재잘거린다
선과 선이 타고 넘는다
높고 낮음
깨끗함과 더러움
아름다움과 추함
색과 색의 구별도 함께 무너졌다
새 옷을 입은 도시는
경계를 무너뜨리고
색깔이 없다
빛이 색을 만들고
눈은 눈부심으로 마음을 앗아간다
눈 속에서 싹은 꿈을 꾸며
꽃피는 날을 그리워 한다
눈 오는 날은 시인의 날이다

친구야

단순하게
가장 단순하게
계산하지 말자
그냥 베풀며 살자
살포시 미소 지며 따스한 손길 내밀며
손 잡아보자
묵묵히 바라만 보고 있어도
어깨를 감싸 안으며
사랑한다는 말을 하지 않아도 항상 보고 싶었어
우린 행복해야해
웃고 웃으며 좋아해
지금 이 순간 온전히 머물며
밤 새워 너의 말을 들어줄 수가 있어
모든 것을 위해 열심히 달려온 우리
이제 우리 즐기면서 살자
봄의 새싹 바라보며
소낙비 내리는 빗길을 걸으며
떨어지는 낙엽과 함께
눈길 위를 걸어가는 시간
친구야

한잔 술이 생각나지
어딘가에 두고 온 어느 날의 시간을 찾지 말자
고통의 삶도 이젠 추억이다
아프지 말고
건강하게 살자

작은 소망

새롭다/새롭다
내일부터는 새롭게 시작할 것이다
시작하라/시작하라
무엇이든 다시
또 다시 시작할 것이다
생의 첫날처럼
오늘이 생의 가장 젊은 날
맞이하는 모든 사물과 친구가 되고
가장 멋진 대화를 꿈꾸어 보라
경험하지 않는 모든 행동을 하라
남들이 미쳤다고 수군거리더라도
꿈꾸는 자의 행복을 맛보아라
나의 길에
스스로 박수를 쳐라
의기양양하게 누구도 보호해 주지 않는
현실의 장막을 깨부수어라
이야기를 만들어라
무용담일지라도 멋진 돈키호테가 되고
테스형(소크라테스)처럼 살아보라
나무를 붙잡고 씨름도 하고

돌들을 어루만지며 이야기하고
흐르는 물 위에 신발을 띄워 보내라
여행을 가자
약속 없이 이정표를 보지 말고
무작정 빗길을 걸으며
뜨거운 태양을 맞이하며
별빛을 따라
달빛 아래서 수영도 하고
휘파람 불면서 걷자
밥은 중요하지 않다
술도 이제 그만이다
시를 먹고
시를 마시며
시와 함께 친구가 되어 살아가자

침묵

태초에 언어는 없었다
고요의 장막 속에
사상과 사물이 보호되고
변화도 없었다
세상 만물의 소리가 없어지고
냄새도 없고
갇힌 공간에서 놀이도 없다
고독과 침묵은 들리지 않는 소리
하느님과 진리는 꿈속에서 나눈 대화
공간의 진실이
깊은 곳에서 울리는 소리
태양계의 행성들
광활한 공간에서 빛으로 소리를 낸다
성스러운 빛
"아가야! 놀자, 이쁜 우리 새끼"
할머니의 넋두리는 웅변보다 더 큰 울림
긴 시간이 흐르고
혼자만의 시간
소리 없음이 하나의 선물이 되고
자유로움은 날개를 달고 비상한다

흔적

눈길 위에 찍힌 발자국이 옳다
뽀드득 거리며 울리는 감촉
대지로부터의 우림
어머니의 목소리로 다가온다
속삭임 속에서 들려오는 울림
하늘의 별을 올려다보고
발밑의 꽃을 잊지 않는
하염없이 내리는 비를 맞으며
발목이 푹푹 빠지는 눈길을 걸으며
연초록 새싹에 가슴을 열고
떠나는 낙엽에 희망을 품고
가만가만 속삭이며 다가오는
떠난 시간이 그리워지는
떠오르는 태양을 바라보며 눈물 짓고
조용히 사라지는 노을 속에서 환호하는
지나간 시간이
그리워 울고
외로움은 산을 쌓고
즐거움은 강물에 흘러
멀리 멀리 사라져 간다
내 시간의 흔적
어디쯤에서 떠다니다 죽을까?

우리 이웃
-무허가 건물 마을을 지나며

행성의 꼬리는 유연하게
물결을 가르고
은하수 넘어 설산으로 간다
비가 온다
눈이 내린다
소리 없이 마음으로 울고
어린 시절 엄마 치마폭을 붙잡고
칭얼대던 모습이 떠오른다
가난한 사람들의 별이 더욱 시리고 아픈 것은
창백한 어둠이 빛을 덮고
골짜기를 만들고
바람이 눈물을 만든다
노래를 불러야지
희망의 노래를 불러야지
행복한 날을 위해서
노래를 불러야지
푸른 꽃을 위해서
소박한 사람들이 지나간다
할머니의 등이 굽어
땅에 얼굴이 맞닿으면
땅에 떨어진 밤을 위해
노래를 불러야지

코로나19(covid-19)

빈 의자가 눈물 나는 시간
남아 있어도 빈 공간이다
불이 꺼진다
분주한 하루는 그렇게 막을 내리고
갈 길 재촉하는 걸음걸이는 무겁다
혼자라는 생각에 눈물이 나고
외로운 사람
외로운 시간은 늘어나고
뼛속까지 시린 상실의 시간
공허함은 쌓이고
고독을 넘어
발버둥치는
혼자만의 시간
그래도 괜찮다
언제 스스로 혼자였던가
사이는 벌어지고
마음은 가까운
일상의 변화에
스스로 만족하는 공간
희망이 보인다
지구가 숨을 쉬고 있다

자유를 꿈꾸며

새가 날다
물이 흐른다
물결이 일렁이고
파도는 자유롭게
본래의 모습에
인간이 걷고 있다
본래의 모습으로 탄생하는
한 아들
빛이 비추고
어둠이 사라지는
하늘에 오르는
꿈
십자가에서의 최후
부활을 꿈꾸고
기도는 끝이 없다
노래는 아름답다
누가 누구를 위한 노래인지
거룩하고 장엄하다
큰 빛이 다가오면
소멸되고

기뻐하자
노래 부르자
날자 날자
하늘은 이미 열려있고
땅은 축제다

夢想
–꿈속을 거닐다

호수 위에 노니는 백조
끝없는 움직임
날개를 접는 순간
추락의 신호
쉼없음이 더 친숙한 개미
무리 지어 나는 기러기의 긴 행렬
바위는 무심히 앉아 바라보고
나무는 바람에도 미동하지 않고
고요한 연못 위를 나는 잠자리
풀꽃은 향기를
잔디는 더없는 편안함
햇빛은 혼자 노닐고
떨어지는 잎사귀는
혼자서 제 갈 길을 가고
아무도 간섭하지 않는 시간
시간의 멈춤을 보는 순간
깊은 침묵에
너와 나의 사이
공간의 틈이 없어지는
바람 부는 소리

사방은 이미 고요
깨어나야 할 시간
이미 떠나는 사람과의 작별
아픔은 끝나고
사랑은 이제 시작이다

외출

길 위에
나뒹구는 깡통을 발로 차며
마음이 답답한 날
멀리 떠나는 여행을 하지
산도 보고 바다도 보고 넓은 벌판도 보면서
나를 남기고
한편의 나는 떠나지
구름이 되어
바다를 내려다보고
나에 걸맞는 옷
새털구름 털구름 쌘구름
이왕이면 털층구름 되어 높이 날자
떠있는 섬 위로 노을이 지면
떠나는 마음 사라지고
고요한 숲으로 젖어드는 새처럼
별 사이를 맴도는 구름(성운)
별들의 모임(은하수)
하얀 구름이 천 가지의 색을 품고
빛이 만들어낸 나의 형상
나는 남겨지고
나는 돌아오지

가던 길
−희망, 꿈

흐른다
어디로 갈까? 물도 길이 있어 물길 따라 간다

가자
가자
가보자
쉼 보다는 멈춤이 아닌 꿈
희망의 봉우리 찾아

가자
가자
가보자
길이 멈추고 굴곡져 앞이 보이지 않더라도
길이 아니라고 말해도

가자
가자
가보자
온실가스 가득 찬 지구를 떠나더라도
남극의 끝점
어디라도

가자
가자
가보자
神들이 찬양하는 낙원으로
진리의 성전
무성한 말잔치 뒤로 하고

가자
가자
가보자
허공에 줄 달고
한발 한발
외줄타기라도 좋다

가자
가자
가보자
심해의 바닷속 심장이 터지더라도

가자
가자
가보자
숨 막힐 정도의 벅찬 순간이 다가와 쓰러져
사경을 헤매일지라도
나의 삶을 사랑해

하루(일상)

하루가 길다
하루가 부족하다
느낌이 다른 하루
즐거운 시간
슬픈 시간
그렇게 하루는 간다
싫든 좋든
물처럼 흐르는 하루가 지나간다
안개 낀 일상
멍 때리는 시간
하늘을 쳐다보며 짧은 휴식
일상 속에
지나가는 사물들
영화는 그렇게 만들어지고
나는 주연과 조연을 함께 한다
나의 민낯이 나타나면
하루는 나의 의지대로 흘러가지 않는다
하늘이 너무 아름다운 날
바라만 보아도 피로가 싹 가시는
두둥실 떠다니는 구름 따라

시간은 흐르고
석양 바라보며
춤추는 하루가 노을에 젖어든다

새해 아침

그림을 본다
황소가 힘차게 근육질을 자랑하며
흰 소 가슴에 사랑의 마크를 달고
화살에 꽂혀 웃고 있다
세상이 새롭게 태어나고 있다
새날, 새해에는 모든 것이 새롭고
사랑과 행복도 넘쳐난다
새로운 싹
새로운 색깔
새로운 기운
새로운 일들
새 계절이 오고 있다
잘 할 수 있어
잘 할 거야
기도를 하자
생의 향기 새롭게 피어나고
걷는다
계속 걷는다
넘어져서 피멍이 들어도 일어나서 걷는다
고요 속에서 음악이 울리고

최고의 노래
새소리를 들으며
춤춘다
하늘 끝 울림으로
새로운 길은 새롭게 펼쳐진다

인생길

바람이 분다
전봇대가 흔들거린다
나도 따라 흔들거리며 길을 간다
바르게 살라던 선생님의 말씀이 귓가를 때리고
나는 바른 길로 걸어가는데
비틀거린다
홀로 비틀거린다

비가 온다
홀로 흠뻑 젖어 걷는다
우산을 준비하라던 아버님의 말씀이 울리고
가슴 속 스며드는 빗물이
눈물과 함께
소리 없이 흘러내린다

눈이 온다
눈길을 걸으며 넘어지고
팔은 부러지고 발목은 퉁퉁 부어 오른다
의사 선생님의 말씀 "빙판길 조심하라"고
스스로 하늘만 쳐다본다

소풍 가는 길이다
날씨는 화창하고 기분은 하늘을 난다
김밥 한 줄 사이다 한 병 계란 두 개다
부러울 것 없는 가방에
콧노래가 절로 난다
“날씨가 좋으면 사막을 생각하라”는
과학자의 호소를 들었다

홀로 걷는다
부딪히는 사람 많고
가장의 어깨 무거워도 바람따라
햇빛 달빛 벗 삼아
터덜터덜 걸어간다
인생길 뭐 별거냐고

정인이 사건을 보면서

도림동 농장에서
하늘에 솔개 날자
병아리는 엄마 품에 안기며 수탉은 목소리를 높인다
이 진철이란 친구는
술을 좋아하기도 하지만 말술을 마신다
평소 술을 좋아하는 친구는 말수가 적고
부처님 닮아서 항상 얼굴에 미소가 번진다
술 마시다 말고 카톡을 보더니
눈물을 주르르 흘린다
며느리가 손녀의 노는 모습을 보내온 것이다
손녀를 보면
세상이 뒤집어진다고 한다
말로 표현할 수 없는 진한 감정 솟구쳐서
자신도 모르게
가슴이 벅차오른다고 한다
정인이 사건을 본 친구는 "여자가 싫다"고 한다
나에게 절대로
그 동영상을 보지 말라고 한다
하늘의 별이 우리에게 다가와
누구는 손녀가 되어 사랑받고

누구는 정인이가 되어 죽어 가는지
사랑받는 사람은 함부로 아플 수도 없고
아프면 안 되는데, 왜 아프게 할까
하늘이 너무 아름다운 날
정인이는 떠났고
사랑스러운 눈물과
통곡의 눈물이 흘러 흘러 강이 되고
우리는 소리 죽여 울면서
긴 떨림으로 흐느끼는 어깨를 감추며
정인이가 샛별이 되어 돌아오기를 기도하며
우리는 그렇게 밤 새워 술을 마셨다

조약돌

스스로 돌이 된 건 아니다
세월이 흘러흘러
오만을 털어내고 지극히 겸손한 자세로
스스로 서 있는 것이다

침묵 속에서 고독을 쌓고
원시적인 아픔과 상처를 달래며
홀로 서기를 하는 것이다

담백한 물빛과 어울려
평화롭게 이쁜 모습으로 있는 것은
외로움을 벗 삼아
유아적인 유희를 즐기는 것이다

어린 아이가 물수제비를 뜨며
물 위를 걷는 기쁨도
아이와 함께하며
내적인 기쁨을 맛보는
행복인지도 모른다

하늘을 나는([비상]) 꿈이

이루어지는 기도

아이의 웃음과 함께

오색 무지개 타고 여행을 시작한다

* 무생물도 스스로 의지가 있다면 아이(힘없는 존재)를 통해서 꿈을 실현할 수 있다는 무한한 긍정의 힘을 표현해 본 시

아침을 맞으며

창(窓)은 눈(目)이다
꿈이 영글어 가는 길목
바라보는 사물은 온통 사각이다
일관된 틀 속에서 파괴는 없고
먼 곳 바라다보면 오직 한 곳
성당 종소리 울리는 그곳
파괴의 시작이다

고요에서 밝혀지는 불빛
이어지는 것은 점에서 이루어지는 선이다
희망을 향해 떠나는 날갯짓에
아침 이슬은 방해물이 될 수 없다

창 속에 갇힌 꿈꾸는 나비들
여명과 함께 시작하는 희망의 날갯짓은 분주하다
창에서 창으로 이어지는 조화
다름이 서로 기대어 무리를 이루고
그 속에서 꿈은 피어난다

작은 빛줄기 하나 퍼져 나가고
그 빛 따라 떠나는 여행길
창을 튀어 나온 나비의 몸짓
희망의 시작이고
우주를 향해 떠난다

소크라테스를 만났다

가을의 길목 청량한 바람 맞으며
수봉공원 벤치에 앉아 소크라테스를 만났다
2400년 전의 철인
인간의 이성과 양심과 자유에 대한 경종을 울린 분
범상치 않은 얼굴에 누구와도 대화하는 분
바람에 옷자락은 휘날리고 길게 늘어지는 수염 사이로
온화한 말씨에 힘은 청년과 상통한다
법정 고발장
소크라테스는 범죄인이다
청년들을 음해하고 파멸적인 영향을 주고
국가가 인정하는 신을 믿지 않으며
다른 새 귀신에 제사 지내고 있다
당신을 고발한 아테네 시민은 어떻게 재판할까?
당신은 무슨 괴변으로 아테네 시민을 설득할까?
지금 현자가 제물포 역세권에서 주민들을 설득할 수 있을까?
현자의 목소리는 사라지고 삼삼오오 자기 이득을 위한 목청은
하늘을 찌른다
소크라테스가 그립다
모든 이와 대화하며 지혜를 사랑한 사람
대화를 거부하고 짝짓기에 편 가르기를 하는 사람들이 불쌍하다

진리에의 긴 여행을 떠나볼까?
행복한 지성인이 되기 위한 성찰은 무엇인가?
나는 누구인가?
존재하는 것은 늘 존재한다
너 자신을 알라
귓가에 스치는 소크라테스의 변명이 내 몸을 쇠사슬로 감는다
영혼 불멸의 삶을 위한 독배를 마시는 철인이 신처럼 다가온다
노을빛 바라보며
철인과의 대화에 세상의 이치가 성큼 다가온다
풍성한 가을걷이에 마음은 늘 부자이다

2부

꽃, 나무를
사랑하며

낙화(落花)

꿈을 향해 달리는 첫걸음

하늘을 난다

사르르 날개 펴고

먼 산 넘어 무지개 따라

하늘빛 고운 날

긴 시간 공들인 꿈 따라 시작하는 여행

만남을 위해

보내는 쓰라린 이별

찬란한 봄은 축제

이별도 눈부시다

오롯이 산화되어

길 위에 인연으로

먼 길 간다

무명초

시방, 들꽃이 피고 있다
4월 저물어 5월 시작되면
온 천지에 꽃들이 노래하고
그저 그 모습이 아름답다
피고 지는 그 자태
무어라 부를까?
바람과 태양과 땅의 느낌으로
산에 들에 언덕에
지천으로 널려있는 형형색색의 꽃
다투지도 소유하지도 않고
제 몫 만큼 생명을 표현할 뿐,
이름 없이……
아름다운 모습……
행복하게……
조용히 왔다가 소리 없이 사라지는
들꽃들
그대가 있어 행복하고
조용히 미소 지며
짧게 탄성하는 소리
당신을 위한 노래를
밤 새워 목 놓아 부르고 싶다

파꽃

온갖 꽃들의 향연
오월의 잔칫상
엄마는 늘 그렇게 살았다
지난겨울 추위와 싸우고
멸시와 천대 속에서도
당당하게 하늘 향해 얼굴 내미는
아름답지 않아도 투박하게
향기 없어도 그윽하게
각진 세상 멀리하고 둥글둥글
사무치게 그리워하다
살 속 스며드는
하나하나 뭉쳐진 울음의 시간이 만들어낸 봉우리
나도 예쁘다
나도 꽃이다
벌 한 마리 날아와
애무하고 떠나는 파꽃의 사랑타령
엄마의 꽃
포근하게 나를 감싸 안는다

달꽃

달아 달아
나지막이 불러보는
꽃이 피고
열매를 맺고
너를 닮은 씨앗
그리움에 둥근 달이
눈썹만큼 작아져도
마음은 저편
넉넉한 항아리 속
한 송이 피어난 달꽃
텅 비어 휘파람 소리 담고
가득 채워져
둥둥거리며
밀물과 썰물을 몰고
달팽이 걸음으로
피어난 달꽃
달빛을 받고
피어난 꽃

들꽃

꽃이 핀다
아무도 찾는 이 없어도 홀로 핀다
태양과 물
바람과 달빛의 사랑이어라
하느님이 키운 꽃
님의 향기가 들꽃으로 피어나
우리네 설움 감싸주고
푸른 하늘 길 열어
산과 들이 좋아 그대로 산다
들꽃은 촌스럽게 이름 그대로 산다
혼자 쑥스러워 구름처럼 뭉실뭉실 무더기 이루며
바닥에 바짝 엎드려 방긋이 웃는 놈
오종종 모여서 종주먹 들이대는 놈
초롱모양 달랑달랑 요령소리 내는 놈
풀섶에 숨어 앙증맞게 눈웃음 짓는 놈
너의 모습이 하느님인 걸
너의 향기가 그리스도의 향기인 걸
소리 없이 보면 예쁘고
가만히 보면 사랑스러운 들꽃
너는 자유스런 예수님이다

우리는 한 그루 나무를 심는다

태양과 달
너와 나
태양이 떠오르는 것
새로움을 알리는 일
달이 떠오르는 것
태양이 한 일을 가슴으로 품어주는 것
함께 하는 일
꿈으로 이루어지고
여럿이 함께 하는 일
사랑으로 이루어진다
태양은 내일도 떠오르고
오늘 우리는 한 그루의
나무를 심는다
함께하는
숲을 위하여

낙엽

나중에 아주 나중에
홍시가 되어질 때
너를 잊지 못하고 기다린다는 것
사랑이 불 타 없어진
노을 진 언덕에서
너를 그리워하며
좋아하는 느낌
살아 숨 쉬는
하늘을 나는
정처 없이 떠나며
길을 가는
떨어진 상처에 새살이 돋고
봄날의 약속을 기다리며
떠나는 너에게
점점 더 짧아지는 낮 온기를
너에게 전해주마
참고 기다려준 너에게
사랑한다고 전해 주렴
사랑은 이제 시작이다

꽃비

꽃이 웃는다
고개 숙여 너를 본다
살포시 소리 없이 다가가
꽃술이 떨며 웃고 있다

꽃이 노래한다
미풍에 흔들리며
천상의 소리로
작은 울림
가슴 속 파고 든다

꽃이 말을 한다
가던 길 멈추고 나를 보라고
"사랑한다"고 하지 않아도
그냥 눈길 한 번 마주치고 지나가라고

꽃이 하늘을 난다
바람 불어
그리운 사람 만나
아름다운 모습 보여 주고 싶어
먼 길 꽃비 되어 하늘 여행 간다

나무가 되리라

나무가 되리라
대지의 포근함에 젖어 엄마의 젖가슴을
빠는 아이의 모습이 되리
온종일 하늘 향해 태양과 열애하며
당신 향해 두 팔 벌려 기도하는
착한 청년이 되리
나의 포근한 가슴에
새들의 보금자리를 만들고
행복한 노래를 매일 들으며
사랑하는 사람을 위한 기도를 하리
가을바람 떠나는
나의 잎사귀를 보며
아름다움을 전해주고 희망을 이야기 해주리
나의 팔에 눈꽃이 피면
향기 나는 노년이 되어
비움으로 넉넉해지고
홀로 나를 만나는 기쁨의 나무가 되리
먼 산을 바라보면 산 뒤에 산
그 뒤에 산마루 더 곱게 겹쳐진 능선
모두가 나를 위한 환호성이네
바람이 아름다운 노래를 부르고
그대로 아름다운 기도로
나를 감싸는 하느님의 은총이네

자작나무

사랑하는 님의 모습으로 다가와
눈이 시리도록 보고픈 너를
밤 새워 노래하며 울고 있다
달빛에 일렁이는 너의 잎새
곱디고운 물결로 다가오고
아름답고 섹시한 너의 자태
태곳적 이어온 숲속의 여왕이구나
원앙보다 좋은 금술 암수 한 몸으로 태어나서
혼인잔치에 화촉(華燭)을 밝히는구나
피가 하얘서 온몸을 은빛으로 보여주고
너의 몸뚱아리는 팔만대장경에 머무르는구나
햇빛 만나 뜨거운 사랑 나누고
별빛 따라 우주를 여행하며
달빛처럼 온화한 너의 성품 향기롭게 다가오는구나
아~ 아 나의 사랑도
너의 골수에서 나온 하얀 피(血)로
나의 목을 축이고
너를 바라다보면 나의 바짓가랑이는 한없이 부풀어 오르는구나

달맞이꽃

달빛 유혹에 꽃을 피는 그대
노란 얼굴 드밀고
밑 꽃술바닥 밀어 올리며 잔잔히
피어나는 생명의 환희
느리게 다가오는 사랑의 예감일까?
우리 누이 말로
죽은 애인 그리워 밤마다 울며 피어나는 그대
저녁에 곱게 단장하고
밤 새워 기다리며 수없이 지새운 밤
잠 못 이루는 불면증
격정의 시간 보내고
애틋한 정 그리워 남몰래 얼굴 붉히나?
사모의 정 넘쳐서 밤 새워 눈물 짓나?
그리운 님 보기 부끄러워 서러운 이름으로
오솔길 옆에서 지나는 낭군 기다리나?
기다림에 익숙한 홀로 된 망부석
훌쩍 떠나 먼 곳 갈 수 없고
마냥 행복에 젖어 그대 생각하는 일
순수 자연 미인으로 다가와
마음 속 기다림과 사무침으로 홀로 된 그대

개쑥부쟁이

가을바람에 꽃이 핀다
파도처럼 일렁이는 구름 사이로
햇빛은 욕정을 뿜어내고
연보랏빛 들국화
지천에 깔려 버림받은 개똥모양
개쑥부쟁이 되었나?
천대받던 부엌데기
버림받아 서럽고 얻어맞아 멍이 든
파란색이 알알이 맺혀 토해낸 연보라색
날이 가물로 건조하면 땅과 더 친해지고
연보라 꽃잎에 노란 꽃술이
늘씬한 미녀의 몸매보다 사랑스럽다
강원도 정선 함백산 고갯마루(만항재)
님 기다리다 지쳐 쓰러진 너의 얼굴
그냥 지나칠까 두려워 지천으로 피었나?
헐떡이며 숨 거둘까봐 향기 뿌려 유혹하나?
자연미인이 어디 너를 빼고 얼굴 내밀까?
바람이 분다
님 소식이 정겹다
어깨동무하고 춤추는 어울림에

이름 따윈 필요 없다
우리만의 세계
꿈은 영굴어가고 행복한 개쑥부쟁이
착한 모습에 아이가 웃고 있다

구절초(들국화)

산등성이 넘어 양지바른 풀밭 어린 누이의 무덤가에는
찬 서리 내리고 가을 하늘 높아지면
청초한 모습의 들국화 잔잔히 피어 있다

5월 단오 다섯 마디 꿈을 담고
9월 9일 아홉 마디 슬픈 추억을 담아 피어난 꽃
피 토하며 기침하던 누이가 먹고
월경 한 번 못해 보고 떠난 누이
아름다운 꽃으로 변해 선모초(仙母草)가 되었다네

누이의 얼굴처럼 하얀 꽃
수줍어 연한 홍조빛 띠며
반갑게 얼굴 내밀고 인사하네
볼에 비비고 가슴에 안고 향기에 취해 넋을 잃고 바라보네

가난했던 어린 시절
꿈은 달덩이처럼 컸고
몸이 아파 만병통치약으로 달여 먹인 구절초
어미의 정성으로 몇 년을 더 살았던가
꽃도 피기 전 떠난 누이인양 한 송이씩 피어 오르네

다소곳이 앉아 지나는 사람 기쁨 주던 꽃
새소리 벗 삼아 누이 그리워 노래 한 곡 흥얼거려보고
바람따라 그 향기 실어
함께 떠돌아 여행을 떠나보네

들꽃 하나

들꽃 하나 호젓이 앉아 있네
무얼 그리워 고개 내밀고 누굴 기다리나
바람이 불면 싱그런 향기 날려 님을 향해 달리고
태양이 내리 쬐면 함박웃음으로 기쁘게 웃음 짓고
비가 오면 마음 속 깊이 새 형기 마련하고
밤이 오면 별들과 노래하고, 달과 함께 은하수 건너네
누군가 꺾어 가면 울면서 고통 달래지만
더욱 진한 향기로 님을 향해 사랑의 노래 불러보네
들꽃 하나
오늘 너와 함께 놀아보고
기뻐 함께 춤추며
실바람 한 줄기 가락 타고 넘어보고
아름답고 향기 나는 삶의 속살 이야기 하며
해넘이까지 너와 동행하는 길이라면
얼마나 행복할까?

감자꽃

땅속 스며드는 햇빛의 사정
잉태하는 아이는
꽃 색깔로 이름을 안다

바람 난 망초가 천지에
계란꽃 피우고
아낙네 치마폭이 바람에 날고
배고픈 아이의 칭얼거림에
소쩍새도 덩달아 떡방아 찧는다

꽃망울 터트리는 소리
건반 위를 달리며
꽃은 피워도
열매를 맺지 못하는 과부의 심정

밭두렁 잡초 위에
꺾어 버려진 비운의 꽃
봄이 온몸으로 다가오며
꽃은 그대로 꽃이 아니다

3부

짧은 글, 긴 여운

너를 생각하며 보낸 하루

행복한 하루
무엇으로 바꿀 수 없는
포근함이 나를 감싸는 그런 날
좋다
마냥 좋다
아이처럼

가을

잎 하나가 날은다
덩달아 친구도 함께 난다
나도 그렇게
가을에 날고 싶다

쉼

비가 온다
발걸음도 쉬고 있다
빗소리가
고요를 잠재우고
마음도 촉촉이 젖는다
나도
쉬고 있다

하루

지극히 평범한 일상
출근해서
일하고
퇴근해서
집에 간다

꽃

이쁘다(예쁘다)
이쁘다
이쁘다
향기가 피어나고
웃는다
덩달아
나도 웃는다

섬

내 마음에 점 하나 찍고
바다의 징검다리
사랑길 이어주는
별 하나

소풍

잠을 설치고 사이다 한 병
김밥 한 줄
개나리꽃 따라
보물찾기
함박웃음을 짓다
별나라에서
별을 세다

퇴근길

바람이 노래를 부른다
악보도 없이 소나타를 노래하고
쉼표도 없이
이분쉼표로 쉰다
낮과 밤의 경계에서
노을은 살랑거리며 웃는다

미시령 고갯길

길 위에 뱀이 있다
뱀처럼 유연하다
뱀의 꼬리를 물고
희망의 길
꽃을 피운다

행복

아빠와 아이가 걷고 있다
아이는 뒤뚱거리며 흉내를 내고
아이가 넘어지면서 웃는다
얼룩소를 닮아 예쁘다

정상

가지 않는 자
그리움으로 남는 봉우리
피와 땀으로 젖은 수건
한발 한발
돌아보면 즐기는 환희
오르면 오를수록 가까이 다가와 손짓한다

헬쓰

내 몸이 웃는다
아내가 기뻐한다
흘린 땀만큼 시원하다
미소 띈 여인이 보인다

외다리

만나기 위해서 기도 했던
흘린 눈물의 절정

풀꽃

그 미소
내 눈에 맺혀
보석이슬로 피어나네

먹다

밥을 먹다
술을 먹다
나이를 먹다
욕을 먹다
사는 게 먹는 것이다
인생살이가
내가 나를 잡아먹고 살고 있다

내가 나를 몰라

소리 없이 주르르 흘린 콧물
감기가 걸린 줄 알았네
콘택600
먹어야 하나?

동행
-아름다운 동행

바다에 무엇이 있어야 함께 하지
산에
달에
태양에

내 마음에 무엇이 있어야 함께 하지
당신
(……)

수레바퀴

굴러야 한다
헤세의 이야기 진부하고
예술은 모두 바퀴 속에 숨는다
기나긴 여정
수레바퀴 함께 걸어 본다

빈 의자

사랑하는 사람을 위해
남겨둔 자리
그 하나의 자리
“나는 가지 않는다”
가슴 속
늘 일렁이고 있다

금메달
–리우데자네이루 올림픽을 보며

두려움은 하늘을 날고
콩 콩 쿵 쿵 떨리는 마음
하루에도 수천 번 “도망가고 싶다”
집중
또 집중
힘이 바닥으로 떨어지는 순간
땀방울이 녹아
소금이 되고
금빛으로 빛난다
오천만의 심장이 함께 뛴다

연필

새 학기

기억의 저편

낙타표 문화연필(동아연필)

폴 오스터 이야기

귓가에 맴돌고

나도 시를 쓴다

옥계폭포(영동)

박연 피리소리
새들과 합창하고
달이 머무르는 산
산이 아니고
흐르는 물
물이 아니다
반야사 극락전 앞
배롱나무가 웃고 있다
달을 물 위에 띄워
뱃놀이 할까?

진돗개

발자국 소리 지진으로 알까
십리길 멀리
기쁘게 맞이한다
우는 게 우는 게 아냐
웃는 거야
애비의 심정은 한걸음이다

물방울

튀어 올라 석탑을 만들고
빌고 비는 어머님의 마음
손바닥은 이미 화롯불이다

기다림

언덕 너머의 무지개
기차는 꼬리를 물고 터널 속에 숨는다

꽃

그냥 보고 웃고 있다
떠난 여인의 쓰라림이 열매가 되어
새날을 기약한다

술

예쁘면 용서 된다는
여인의 말이 씨가 되어
술잔 속에
빠져 본다
술이 하늘을 난다

밥

먹는 것은 죽었다
배고픔도 사치다
혼자는 아니다
함께 할
그대가 필요하다

모기

울림으로 깨우치다
소중함이 더해 피맛으로 살아간다
총보다
더한 괴로움

돈

빵 위에 떨어지는 눈물이
소금이 되어 꾸역꾸역 먹는다

바다

하늘
별
달이 어울려
잔치 하며 노래한다

너의 품 안에서

물

하늘이 흘러
바람 타고 깊이 숨 쉬고 있다

통화

신호음이 길다
기다림이 길다
그대에게 다가가는 시간이 길다
산도 바다도 하늘도
넘나드는 소리

미소

바람에 일렁이는 갈대처럼

내 마음도 너의 웃음에 일렁인다

섬

내 마음에 점 하나 찍고
바다의 징검다리
사랑길 이어주는
별 하나

인(忍)

기다린다
기다린다
기다린다
수없이 말을 걸다
얼굴은 얼음
나도 이제 사람이 되어 간다

심장을 칼로 잘라
점을 찍는다

산(山)

앉아 있거나
서서 있거나
그 모습 그대로 산이다

그 길 따라
물은 흐른다

하늘
별
달이 덩실 덩실 춤추며
품에 안고
노래한다

구름이 흘러들어
바람 타고
놀고 있다

4부

사랑하는 나의 가족

잘못
–실수한 후의 인정

야단맞은 아이의 표정일까
잘못을 인정한 마음일까
애교로 봐주세요
그런 표정으로 바라다 본 눈길
뭐라고 나무랄 수 있을까

그냥 웃어주세요

님이 주신 가장 큰 선물
항상 웃는 모습으로 다가 오네요

잘못된 행동
스스로 느끼는 죄책감
오늘도 두 손 모아 봅니다

그냥 웃어주세요

똥 마려운 표정
얼굴에 나타난 만상(萬像)
편안하지 않네요

그냥 웃어주세요

초등학생의 얼굴에서
당신을 만나고
내 모습으로 속죄하며
한없는 죄책감에 두 손 모아 봅니다

넋두리

다 잃고 나면 소중한 것
내 어찌 한순간 한순간이 소중하지 않았던가?
다 쓰고 나면 후회할 것
내 어찌 절약하지 않았던가?
다 떠나고 나면 그리운 것
내 어찌 품어 애닮아 하지 않았던가?
이제 병들고 힘 없어지면
草木同腐 하지 않을까?

내 마음속 남아 있는 미련, 욕심이었다면
버리고 떠나는 길
깨끗하고 올바른 길이여야지
내 당신을 바라보는 마음, 욕심이었다면
순수한 마음으로 기도 해야지

당신에게 한없이 순수한 어린아이 모양으로
당신에게 한없이 가벼운 작은 모습으로
당신에게 한없이 의미 없는 존재로

당신이 바라는 듬직한 모습이 아니라면
이제 새롭게 일기를 써야지
내일은 오늘보다 더 찬란히
태양이 떠오를 것이라고

바른 길로 가거라
–산삼 캐던 날

한가롭던 섬의 산자락
처녀림으로 보낸 세월 위에 길이 있었다
소나무 숲 사이
길이 보이고
사람이 가는 길
산짐승이 가는 길
상생으로 이어진다
숲속으로 이어지는 길 위에
상서로운 기운 흐르고
하늘이 내려준
신비로운 약초를
백운산은 엄마 되어 곱게 품고 있었다
산마루 넘나드는 사이
정상이 보이고
운무에 싸인 정상은 신비롭다 못해 별천지다
굴참나무도 바라보고
상수리도 환호하며
장끼와 까투리는 사랑놀이에
지나는 객은 구름처럼 흘러간다
번개처럼 내리치는

섬광 속에 산삼이 보이고
할아버지
음성이 들려왔다
"그래, 바른 길로 가거라"
고맙고 감사한 마음
무릎 꿇고 바치는 기도
하늘로 이어지는 길이다

울 아버지

눈발이 희끗희끗 날리더니만
기어코 쏟아지기 시작했다
세상일 미련 없이 버리고
자식 손 잡고 그저 고맙다고
눈물까지 흘리신 아버지……
울 아버지
소주 댓병 마시고
뒷나루터 희야 아저씨가 곱게 담근 술
반 되 마시고 몸소 누우신 뒤 물만 15일 마시고
등신불이 되어 하늘나라 가신 아버지
지극정성으로 엄마 산소에서 매일 술 마시다가
3년 보내시고 엄마 만나러 가신 아버지
그리움으로 다가오고
슬픔으로 멀어져가는 아버지
꾸지람 속에서도 정이 흐르고 다정히 손잡아 주시고
머리 쓰다듬던 아버지
아들, 딸 낳아 보니 부모 심정 안다고
용희 서울로 떠나보내고
왜 그리 서운한지…… 하늘 한 번 쳐다보고
울컥하는 심정 달래려고 애써 외면해 보면서

부산으로 아들 보내면서
명신호 떠난 뒤 한참을 멍하니 서 계시던 아버지
눈이 오면 생각나고
바람 불면 그리워지고
술 마시면 어느새 아버지의 모습으로 변한 나

꿈꾸는 집

벽은 흙담으로 토담집이다

방과 부엌 사이
강물이 돌아 나가고
토방에 앉아 발을 적신다

새들이 놀러와 노래하고
뜨락 라일락 피고
섬돌 옆 국화 향기 더하며
누렁이 어슬렁거리며
마당에서 노는 집

대청마루에 맑은 바람 불고
잘 익은 술 오가며
멀리서 온 벗
밤 새워 노래한다

내 마음의 집

어둠이 짙고
별이 더 총총하면
나는 우주를 날고
별나라 여행을 시작한다

인류

아프리카 오지의 흑인 할머니였다
밀림의 실개천을 따라 흐르는 물줄기가
구름 따라 바람의 방향으로 길을 걷는다
어디까지 미칠까?

가는 걸음걸이에 두뇌의 속삭임은
기억을 잃고 까마득한 추억
여인은 서서히 다가오고
태양빛 속도는 달빛을 우롱한다
어디까지 왔을까?

유럽 지나 중동 사막의 낙타가 갈증을 참고
아시아 어느 섬나라까지
쉼 없이 왔다
망망대해에 돛단배 하나 띄우고
오수를 즐긴다
어디로 갈까?

북극곰들과 함께 헤엄치며 고래는 웃고 있다
할머니는 손자를 안고 아주 오래된
옛날이야기를 한다
알 수 없는 단어들이 오가도
눈빛으로 마주한 대화는 끝이 없다
어느 누군가?

딸의 모습에서 피어나는 향기
어머니의 얼굴
할머니의 모습으로 끝없이 이어진다
어머니의 일기는
책 열 권으로 모자라고
손금은 이미 없어진지 오래
아!
나는 누굴까?

고향 생각

꽃향기 바람에 날려와
코끝 스치며
잊혔던 옛 생각 절로 난다
바다내음 슬며시
다가와 옷깃에 맴돌고
아른거린 풍경에
눈시울이 붉어진다
떨어지는 난꽃 사이
인고의 고통이 묻어나고
형님 생각에 난(蘭)이 애처롭다
쌓인 먼지 닦으며
엄마 생각나고
뒷마당 장독대
가을 햇살 받아 반짝인다
엄마!
불러보는 정겨움에 복받치는 가슴은
일렁이는 파도 사이로 넘실댄다
망금산 산마루턱
희야 갯마루터까지
아버지의 발자취 아른거리고
들려오는 물새 소리에
하루도 행복하다

사랑타령

누구는 사랑을 허리로 한다고 했다
누구는 사랑을 손으로 한다고 했다
누구는 사랑을 혀로 한다고 했다
누구는 사랑을 머리로 한다고 했다
누구는 사랑을 가슴으로 한다고 했다
누구는 사랑을 온몸으로 한다고 했다
허리가 꺾이고
손이 닳고
혀가 뒤집히고
머리가 하얘지고
가슴이 아린
온몸으로 받아들인
백화점의 마네킹처럼 사랑을 한다
봉창을 두드리는 사랑은 없다
암컷과 수컷이 서로 혀로 핥고 있다
유혹은 향기가 없다
눈빛이 사랑을 말하고
사랑이라고 쓰고
당신이라고 읽는다

가족

내가 감기에 걸리다
큰아이가 기침을 한다
머리아파 작은아이가 침대에 누웠다
딸이 웃으며 힘들어 한다
아내가 콧물을 흘린다
한 몸이다
내 잘못이다
여름감기가 모두를 울린다
미안한 마음에
하늘만 쳐다본다

마음이 흐르다

바람이 불다
손에 잡히지도 눈에 보이지도 않는다
바람같은 존재
마음도 그러하다
시집간 딸이 전화가 왔다
"잘 있었어, 건강 하시지, 뭘 해"
순간 울컥하는 마음
목이 메인다
며느리가 카톡에 댓글이 왔다
"아버님 최고예요"
잘한 것도 없는데, 칭찬이라니
괜히 기분이 좋다
마누라가 문자를 보내왔다
"일찍 오시지요 저녁 준비 할까요"
아름답고 따뜻한 시간
마음은 행복해지고
나는 당신을 위해서
뭘 준비 했는지!
마음과 마음이 연결되어
설레는 꿈을 발견한다
참 신나는 일이다

당신

함박눈이 내리는 오후
눈빛이 따뜻한 사람
가끔가다 너는 나를 생각하지
나는 늘 너를 생각해
가끔 잊어버리면 뭔가 허전해
무슨 짓을 해도 용서해 줄 것만 같고
어떤 잘못을 빌어도 "그래, 그래"
두 손 꼬옥 잡고 가슴으로 끌어안아 줄 사람
바라만 보아도 좋은
손가락으로 동그라미 그리며
하트 날리는
바보 같은 사랑을
마음뿐인 바보를
늘 아껴주고 사랑해 주는 당신
따뜻한 하루를
아름다운 색으로
멋진 그림을 그려주는 당신
수채화의 아름다움으로 선하게 다가서는
상큼한 당신의 모습
된장국 냄새가 담장을 넘는

황혼의 아름다움을 선사해 주는 당신
보랏빛 향기를 꿈꾸며
호젓한 공간을 걸으며
어깨춤이 절로 난다

꿈
–아내의 사랑을 느끼며

당신이 꽃이었으면 좋겠다
샤넬–5
그런 향기를 전하는
생각만 해도 기분이 좋아지는
생각만 해도 어깨가 들썩이는
당신이라는 꽃
눈 속에서도 피어나는
눈소리 들으면서 행복해 하는
당신 곁에 머무르는
그것은 당신이 아름다운 사람이라는
작고 소소한 일에도 늘 설레게 하는 존재
무생물도 당신 손길 닿으면 살아 숨쉬는
당신 곁에 머무르면
나의 빈자리에
자유가 머물고
자유는 욕망의 구속으로부터 해방감을 맛본다
천천히 걷는다
더불어 살아가는 삶을 꿈꾸는
느릿느릿
가난한 이웃을 위하여

병든 사람을 위하여
소외당한 이들을 위하여
두 손 모아 기도하는
사랑의 실천을 보여주는 당신의 참모습이
고통을 행복으로 바꿔주는
아름다운 사람
당신이라는 이름에 머무르고 싶다
내내 그리워하다

수건

이름표를 단 민얼굴로
아침저녁으로 인사를 한다
축복 받은 날의 연속
돌 백일 회갑 칠순 팔순
신장개업 이전 기념 성전 건립
체육대회 등산대회
좋은날들 기대하는 꿈따라 날개를 펴고
하늘을 난다
어느 수건 하나 "감사합니다, 박현웅"
(아버지의 묘지이장 날 선물해준 수건)
수고하신 분들의 얼굴이 떠오르고
일상의 삶이 녹아 흐르고
시간이 흘러
얼굴은 바래지고 꿈이 더 선명해지는
수건 속에 갇힌 그들의 얼굴이 그립다

귀가길
–어느 집안 풍경

바람따라 둥지를 찾는 새
착한 아빠는 아이를 위해
풀빵 하나를 봉지에 넣고
길을 재촉한다
머물러 행복한
담백한 물빛의 평화가 깃든
어둠보다 더 진한
암흑에서
별은 더 찬란히 빛나고
고독은 침묵 속에서
근원적인 홀로 서기를 한다
희망을 찾아 떠나던 시간에
희망을 품고 돌아오는 시간
숨어있는 희망이
꿈틀거리며 살아난다
아내가 있어 외로움은 사라지고
아이가 있어 웃음꽃 만발한
속살 드러내 놓고
한바탕 놀아 본다

어머님

스스로 이유가 있었는지 모르겠다
여행이 떠남이며
새로운 만남은
돌아옴인가?
아픈 상처는 버리고 정직한 모습으로
돌아옴은
자신에게 진 빚을 갚기 위한
몸부림이겠지
빈손으로
만드는 새로운 자유
어머님은 떠나심으로
그리움을 남기고 가셨다
눈가에 촉촉한 이슬이 맺히며
어머님은
등 뒤에서
어머님의 손으로
다독이십니다
애야!
조심해라
무엇이든 조심하라는 말씀이 귓가에

울리며
노을의 아름다움으로
환하게 웃는 모습
가슴에 남습니다
어머님
사랑합니다

일상
–시계는 돌고 돈다

출근길 걷다 보면 간혹 더듬이를 잃은 개미처럼
빙빙 돌며 어디로 가야할지
멍한 눈빛으로 하늘을 쳐다본다
간절한 한 사람의 시간
시간을 곧 사라질 것
아기 새가 늙은 전나무에서 대화를 나누고
초승달로 스며드는 스산한 시간
조각난 기억을 맞추며
생화는 상처를 보여주고
보잘 것 없는 하루
혼자만의 길이지만
꽉 찬 행복
탑을 쌓듯
열심히 열심히 살아가는 하루
작고 노란 들꽃에게
감사하다고
돌아갈 수 있는 가족이 있어 행복하다고
퇴근할 때 불러주는 친구가 있어
고맙다고
변함없이 시계는 영시를 향해서
터벅터벅 걸어가고
나도 도는 시계 따라 함께 돈다

사이(틈)

뱃길도 닿지 않았다
찻길도 닿지 않았다
바람불어 은근히 전한 말
보고 싶었다
정말 보고 싶었다
오래
보지 못했다
오래 만나지 못했다
그래
잘 있다니 감사하고
그래
생각하고 있다니
고맙고
사랑한다는 말은 사치다
공간은 그렇게
차츰 차츰
메워지고
우리는
더 뜨겁게
어깨동무 하며 살자

동행

손 잡고 가자
따뜻한 온기 전하려
추우면 서글퍼지는 사람들 모아
웃음꽃 피우는 곳으로

손 잡고 가자
너와 나
우리 함께
닫힌 가슴 열고
활짝 웃는 모습 보려

손 잡고 가자
아이들 웃고
청년들 활개 치며
어른들 풍요롭게
노인들 존경하는
아름다운 곳으로

손 잡고 가자
어깨동무하고
발걸음 경쾌하게
마음을 열고
의기양양하게
멋진 모습으로

어머님 기일에
–음력 8월 9일

자식 많으면 무엇 하나!
산등성이 지키는 노송 한 그루
굽어 쓸모없지만 화폭에 오르내리고
잘난 것도 없고 배움도 없어
고향 지키다 보니 효자되었네

자식 많다고 자랑하던 엄니의
속절없이 부르던 사랑노래
제상 올리던 술잔은 2개뿐이네
서러운 사랑 이야기 차곡차곡 쌓이지만
마음은 온화하고 홀로 올린 술잔
촛불에 타들어 가네

길가의 코스모스 바람에 휘날리고
벼가 누렇게 익어가는 가을의 어느 날
엄니의 고통 보름달처럼 무겁게 다가오고
세상 인연 접고 하늘로 가는 날
서리 까마귀도 슬피 울며
가을 햇살도 등 뒤에 숨었네

금잔디 덮인 동네 뒷산
장기, 까투리 사랑싸움 하고
철마다 피는 야생화 향기 가슴에 아리고
묘소 앞 다소곳이 백일홍, 동백 피어나면
엄니의 환한 모습 웃으며 다가와 온몸을 적시네

홍시 한 개를 바라보며

가을 햇살이 툇마루 깊숙이 스며 들고
개다리소반에 모처럼 돼지불고기 백반
농촌의 인심은 넉넉하고 잘 익은 농주 한잔이 오고 간다
"박 서방, 한잔 하게"
넉넉하게 건네는 한 사발의 농주에 취기는 오르고
대작하는 술잔이 쌓이고
비어가는 주전자의 술 양만큼 마음은 넉넉하다
"툭" 바람을 가르고 떨어지는 홍시 한 개
투박한 손으로 건네는 노인의 손길이 정겹고
"감이 술 많이 먹는 사람에겐 최고여!"
받아 든 손길이 떨리고
노인의 정감에 가슴이 떤다
할아버지에서 이어지는 손길이 아버지를 넘어
자식에게 전해지고 손자는 포근히 잠을 잔다
시간이 흐르고 햇빛은 거만하지 않고
바닥까지 친절히 내려와 발끝을 비추어 준다
언젠가 여유로움이 쌓이면 "효도해야지"
영혼의 바람은 시간과 함께 사라지고
그런 날은 오지 않는다
바쁘게 살아가는 우리 죽는 날까지

어떻게 사랑하며 살아갈까?
찬바람이 휭하니 가슴을 파고 든다
손에 든 홍시 한 개 전해줄 사람 없어
눈은 허공을 맴돌고 일상의 생활에 젖어든다

5부

신앙을 고백하며

하느님

님이 그리워 한잔 술을 마십니다
사랑이 폭풍우처럼 몰아쳐 흠뻑 젖었으면 합니다
사랑이 폭설처럼 내리어 감싸 안고 묻히면 합니다
사랑은 쉽게 다가오지만 하염없이 주는 것 아닌가 봅니다
영혼은 청량하게 느껴지지만 현실은 항상 고달파 마음이 아
파 옵니다

님이 그리워 두 잔 술을 비어 봅니다
바람이 갈대 잎 줄기타고 휘어져 감겨 옵니다
어디론가 정처 없이 떠나는 방랑자는 바람이 구활입니다
바람이 몰고 온 역마살에 구만 리 먼 길도 흥겹습니다

님이 그리워 흠뻑 취해 봅니다
세상이 모두 내 것입니다
손에는 가진 것 하나 없어도 세상 모든 것 제 품 안에 놀아납
니다
빙글빙글 도는 세상 미워할 이도 없고 좋아할 이도 없지만
사랑을 위해 빈 술잔 하나 남겨 두고
님의 품 안에서 뛰놀고 싶습니다

석양

종탑 길이만큼 긴 그림자
스테인드글라스 안에 갇힌 빗살무늬 햇살이여
기도하는 님
어깨에서 일렁이는 흐느낌
이천년의 긴 기다림에 태어나는
환희의 노랫소리
통회의 큰 울음
어느 하늘 끝에서 님의 몸
그림자 속에 숨어들까

무명 순교자를 위한 기도

"무슨 일을 하든 천주학쟁이만 하지 마라"
포승줄에 묶여 장터 밖으로 끌려가던 죄인들
북암문 죽대 위에 걸어 놓은 얼굴들
백성들의 성벽 걷기는 그리운 풍류인가
달이 용변에 비추고
하느님 찾는 기도 소리 성 밖까지 이어질 때
휘광이의 칼춤
북소리에 신나고
미루나무에 목 메인 천주학쟁이들
"예수스 크리스토스 데오스 휘오스"*
꿩의 울음소리가 처연하게 들린다
돌형구에 박힌 얼굴
아우성 통곡의 소리는 하늘 구름 속에 묻히고
땅은 피의 기억을 머금고 있다
교수형, 도모지형, 장살형, 고문형, 물고형, 참수형
세상 밖의 일들에 천둥 번개도 피해 간다
기차 침목 위에 물고기는 살아 있다
20위 하느님의 종 수원순교자
수원화성의 70여 분의 순교자
알 수 없는 2,000여 분의 무명 순교자

은하수 되어 하늘에서 빛나고 있다
아름다운 천상 향기 꿈꾸던 그리운 이들
걷는 발길 발길 사이로
꽃피고 있다
"당신의 뜻
하늘에서와 같이 땅에서도 이루어지게 하소서"

*예수 그리스도는 하느님의 아들 구세주이다

달리다 굼(소녀야 일어나라)

일어나 걸어가자
영혼아 깨어나라
어둠은 저만치 사라지고
캄캄한 인생길
새날이 온다

일어나 걸어가자
항상 주님 당신과 함께 하리
힘을 키워라
홀로 걸어가다 지치고 힘들면
주님의 천사와
어깨동무하고 함께 걷자

일어나 걸어가자
눕는 것은 죽음이다
눈물과 한숨 뒤로하고
슬픔 속에서 벗어나
씩씩하게 희망을 찾아

일어나 걸어가자
어려운 절망
끝없이 떨어지는 나락에서 벗어나
주님의 음성따라
빛을 향해서 걸어가자

달리다 굼! 달리다 굼! 달리다 굼!

기도

조용
조용
조용
조용 그대로 침묵이다

눈물
눈물
눈물
눈물 그냥 흘러내린다

기쁨
기쁨
기쁨
기쁨 가슴 속 밀어 올리는 황희

말이 없다
그리고 쏟아지는 방언
신은 존재하는가?
자문자답 이어지는 대화
먼 여행길 접고 도착한 항구의 아늑함

나이는 숫자가 아니다
석양의 빛이 더 아름다움으로 다가오는 인생길
두 손 모으고
엄마가 아이를 위해서 하듯
기도한다

반주골에 십자가의 길을 만들다

시작의 길은 고난이다
풀벌레 날고
정적을 깨는 장끼의 노래
주모경을 바치는 베로니카는 놀라고
그대로 침묵이다

찔레꽃도 파장이고 몇 송이 갈무리
장미 넝쿨 태양 따라 묵주기도에 열중이다
계곡 따라 거니는 산책길
무성한 풀섶
베드로의 묘에도 베드로는 없고
공허한 울림이 십자가의 길을 만든다

홀로 걷는
고통의 길 위에
혼자 만든 십자가의 길을 걷는다

“달이 기울어 서산에 져도 하늘에 남고
남이 나를 배교했다 해도 천주님의 품 안에 있다”
음성이 들린다

아무도 없다
영혼이 스며들고 가슴이 뜨겁다

잃어버린 묵주 반지를 찾고

묵주기도를 한다
엄지도, 중지도, 약지도, 새끼손가락도 아닌 곳에서
언제 떠날지도 모른다
까마득히 오랜 시절의 긴 이야기를 품고
어디서 시작했는지도 모를
장미덩굴이 목을 감싸고 온몸 휘둘러 선혈이 낭자한
모습으로 다가오는
기도는 처량하다
웃음소리 들리고 기쁨의 선물은 마냥 행복하다
기도가 돌리는 묵주만큼 쌓이고
마음은 이미 태평양 지평선 위에 놓이고
햇살은 평화롭다
꼬리를 물고 늘어지는 긴 이야기는 지난 추억의 무지갯빛이다
동그라미는 끝이 없고 안개꽃 무리 속 피어난 얼굴
정겹다
탕자를 맞이한 아버지가 부르는 노래
하늘을 날고
돌아온 묵주가 웃는다
신선한 바람이 분다

쉬어가는 길목

바람이 분다
손가락질 당하던 죄인이 묻힌 울분의 동토(凍土)
황톳빛 붉은 흙에 님의 피 스며들고
강물에 일렁이는 님의 얼굴
갈대의 울음은 님의 기도소리
빛나는 별들은 님의 천사들
세상은 열리고 죄인은 죄인이 아니고
그 위에 우뚝 솟은 빛나는 순교자
여기 조국을 지키는 젊은이가 모여 있다

왜고개 마루턱에 열 분의 순교자 영혼이 머물고 있다

담배골의 빛

산이 안개에 묻혀
동그마니 떠 있다
산과 산이 맞잡고 주름진
손바닥만 한 땅뙈기
굴절되어 반사된 빛 한 줌으로
담배가 자란다
아무도 찾는 이 없는
처음과 끝이 없는 계곡
허기진 배 움켜잡고
계곡물은 생명수다
어둠 속 울리는 기도 소리
기어들어간 토방 속에
손에 손 잡고 바치는 찬양
별이 되어 하늘에 맺히고
순교자의 넋은 초롱초롱
어둠을 가르고 있다
아우성도 소리침도 없다
평온한 기도소리가
계곡물에
흘러흘러
이 강산에 스며든다
빛속에 산이 흐르고 순교자들의 얼굴이
함께 흐른다

손과 발로 말하다

요당리 느지지
초행자의 걸음은 더디고
이마에 햇빛이 무겁다
도라지꽃 별이 되어 하늘을 날던 시간
순교자의 영혼이 요르단 강을 건너고 있다
십자가의 예수님 아래
편히 잠든 순교자들
그 아래 아기와 함께한 성모님이
나를 반긴다
십자가의 길은 손과 발로 이뤄지고
숲길 속에 로사리오 길은 평온이다
잔디밭 위 드넓은 기도의 광장은
일상의 즐거움으로 청아한 느낌을 선사한다
예수님의 두 팔이 허공에 머물고
죽음은 죽음이 아니다
새로운 길이 열리고
새로운 땅 위에
다시 태어난 순교자들
희망이 소나무 가지에서
무지개로 피어난다
요당리!
요단강 건너면 만나리

성지순례길을 걸으며

나의 길에서 참됨을 알 수 있을까?
나의 가슴
나의 뇌
나의 행동
나의 손
나의 다리에서 참됨을 알 수 있을까?

나의 꿈
나의 여행길
나의 순례길
나의 일상생활에서
참됨을 알 수 있을까?

나의 움직임
나의 생각과 감정
나의 말 속에서
참됨을 알 수 있을까?

세상의 모든 일
빛과 그림자
대지의 평온
산과 계곡의 아름다움
달과 별과 태양의 어울림
진정한 사랑과 행복의 의미가
헤아릴 수 없는 우주의 변화에
나는 참됨을 깨달을 수 있을까?

밤 새워 바치는 기도

은이! 어느 여인의 이름처럼 고울까?
숨겨진 마을에 소리 없이 전달되는 주님의 음성
최초의 신부는 은이 고개 넘어 해실이 고개를 거쳐 오두재 고
개를 넘나들었다
어둠이 시작하면 발길을 재촉하고
여명이 트는 시간이며 은이마을로 오는 여정은 순례길의 여
정보다 더 힘들다
영원한 생명을 향한 길
수없이 많은 십자가의 길을 만들고
넘어지고 쓰러져도
우리 벗을 위한 일이기에
피와 땀이 넘쳐나도
아름다운 천상 향기를 꿈꾸는 여정이기에
외롭지 않았다
가장 깊은 곳
순수한 영혼들이 노니는 산골에서
조용한 주님의 노래는 바람 타고
마음 깊이 흘러 들어오고 있었다
죽음보다 주님의 사랑이 더 강하다는 걸
말없이 흐르는 구름은

골배마실의 성자와 성인들을 위한
찬양을 함께 하고 있다
김대건 신부님의 아버지 성 김제준 이냐시오
성 나 모방 베드로 신부
성 한이형 라우렌시오
그대들을 위한 기도를
별빛 초롱 초롱 빛나는 밤
밤 새워 바치고 싶소

손골성인들을 위한 기도

난초가 무성한 향기로운 골짜기
교우들이 모여 기도하는 평화로운 곳
토담집 툇마루 위
파란 눈의 이방인이 우리말을 배우고
언제 죽을 지도 모르는 불안과 초조한 시간
당신의 뜻
예수님의 목소리 들리고
"하늘에서와 같이 땅에서도 이루어지게 하소서"
통나무 십자가 예수님은 세월의 흐름을 고스란히 안고
순교자들이 길을 바라보고 있다
도리 신부님을 위한
오메트로 신부님을 위한
파리외방 신부님들을 위한
무명 순교자들을 위한
103위 순교성인을 위한
북한이 고향인 성인들을 위한
님들을 위한 기도소리가 평화로운 골짜기를 넘어 하늘로 향하고 있다
님을 향한 길
그 길 위 아무리 험하고 어렵더라도

난 그 길을 갈 거야 힘들고 쓰러지더라도
노래 할 거야 그들을 위해서 감사한 마음으로
최선을 다한
아름다운 삶이 다가와 상냥한 인사를 건너는
평화
보다 깊이 아는
열린 사랑이 꽃피는 곳
손골에서의 기도는 계속 되고 있다

해설

긍정의 의미와 가치, 그 치유시학적 해석

–박철 시집, 『홀로 부르는 노래』를 읽고

권대근
(문학박사, 대신대학원대학교 교수)

I

본래 시는, 자동화로 습관화된 지각을 지연시켜, 세계를 자아화함으로써 생성되는 것이다. 시를 읽는 것은 세계 속에 있는 시인의 내밀한 경험을 이해하는 것과 같다. 경험 중에서도 시인의 특별한 경험인 체험은 자기의식 속에 어떤 의미가 녹아 있다. 이 의미에 의해 체험은 지향성을 갖는다. 그의 세계 인식은 「무제(無題) Ⅱ」에 잘 피력되어 있다. '세상은 가로도 세로도 아닌 둥글다/둥근 세상은 모서리가 없어서/상처도 없다/그래서 상처가 생기면/상처 받는 몸/누가 치유할까?'라는 이 시의 두 번째 연을 보면, 시에 표상되는 이미지는 '둥근' 형상임을 알 수 있고, '세상은 둥글다'라는 명제는 그의 삶과 시가 지니고 있는 연관성에 의해 그때그때 실제로 감각되고 파악되는 것 이상의 의미를 내포한다고 하겠다. 특히 「작은 소망」이란 시의 결미에, '밥은 중요하지 않다/술도 이제 그만이다/시를 먹고/시를 마시며/시와 함께 친구가 되어 살아가자'고 하고 있는 것으로 볼 때, 시인에게 시는 온전한 삶을 획득하고자 하는 투쟁과도 같았다고 하겠다.

박철 시인은 '시인의 말'에서 '두 번째 시집을 출판한 지 7년 만에 다시 시집을 출판하니 초등학생이 중학교에 입학하면서 다시 쓰는 일기장 같다.'라고 겸손해 하면서 오만과 자만을 경계하고 있다. 이어서 그는 약속을 잃어버린 아이에게 꾸지람을 하는 어머니의 목소리가 들려 다시 펜을 잡기 시작하고 '흐트러진 글들'을 모아 출판을 감행하게 되었다고 고백하고 있다. 비록 그가 겸손한 마음으로 자신의 시를 '일기장 같다'거나 '흐트러진' 글이라고 하나, 평자는 그런 모습에서 시인의 훌륭한 인품을 볼 수 있었다. 역사와 시대 앞에, 활자와 독자 앞에 겸손한 자세를 갖추는 거 말고 시인에게 무엇이 더 필요한가. 그가 찾고자 했던 진리는 오직 하나다. '진리가 평화롭다'라는 시인의 화두는 '진리'와 '평화'를 등가적으로 나타내며, 이 시집 안에서 그것은 '상처'의 '치유'를 의미한다고 하겠다. '감춤'과 '드러냄'의 변증법 위에 형상화된 그의 시에는 메타포의 원리에 의한 간접적인 정서 표현은 물론이고 직설적인 날것의 감정 표출이 공존하고 있어 멋도 향기도 난다.

Ⅱ

시집은 5부로 구성되어 있는데, 시인이 친절하게도 서문에 설명을 잘 해놓았다. 제1부 제목은 '시, 끝없는 사랑'이다. 제2부는 '꽃, 나무를 사랑하며', 제3부는 '짧은 글, 긴 여운', 제4부는 '사랑하는 나의 가족', 제5부는 '신앙을 고백하며'로 되어 있다. 평자는 왜 시인이 '시, 끝없는 사랑'을 제1부에 먼저 놓았을까를 생각했다. '시, 끝없는 사랑'에는 시인의 시론이 압축되어 있다. 그는 실천은 잘 못하지만 '누군가를 위해서 좋은 일, 착한 일, 존경받는 일을 해야 한다고 항상 생각'하는 사람이다. 1부에서 5부까지 비슷한 소재나 주제끼리 범주화해 놓은 걸 보면, 박철의 시가 결코 흐트러진 글도 아니다. 무엇보다도 그는 삶의 근원을 알고자 했고, 자신을 위협하는 많은 사회적 기제들을 깨어있는 의식으로 탐색하며, 오랜 시간 동안 시로 풀어나갰다. 그의 시는 삶의 전반을 아우르고 있는 존재론적 사유의 흔적들이다. 시가 삶이 되고, 삶이 시가 되었던 과정을 애정의 눈으로 살펴보았다.

쇠사슬이 온몸을 칭칭 감아도
나는 시를 쓴다

그 속에서 내가 자라고 숨 쉬는 것
아름다운 무리들이 나를 유혹하고
시기하며 질투하는 무리들이 가슴을 후빌지라도
나는 시를 쓴다

언어의 유희에 빠져 허우적거릴 때
비수가 가슴에 파고들 때
복수라도 할 것처럼
나는 시를 쓴다

달빛 아름다움에 취해 밤을 하얗게 보내고
태양의 눈부심에 반해 정처 없이 걸어가더라도
내일은 또 내일을 잉태하는 어리석음에
나는 시를 쓴다

내면의 무식이 표현되고
나락에 떨어져 손가락질 받더라도
칭찬 받은 아이처럼 도도하게
나는 시를 쓴다

-「詩」 전문

무엇보다도 이 시는 '~라도 나는 시를 쓴다'라는 후렴구 구조에 주목할 필요가 있다. 다른 말로 하면, 어떤 경우에도 시를 쓰고 있다는 것을 '현실태'로 표현함으로써 강한 실천자의 모습을 보여준다. '내면의 무의식이 표현되고/나락에 떨어져 손가락질 받더라도/칭찬 받은 아이처럼 도도하게 나는 쓰를 쓴다'는 마지막 연을 봐도 후렴구는 '가능태'가 아니라 '현실태'다. 이 시의 의미를 찾기 위해서는 구조적인 형식도 알아야겠지만, 그 작품의 내적인 것뿐만 아니라 작품 외적인 것도 부분과 전체라는 차원에서 이해해야 한다. 여기서 중요한 부분은 마지막 연의 '내면의 무의식이 표현되고'인데, 이 부분만 해석하면, 자신의 내면과 처절하게 대면한다고 볼 수 있지만, 다시 연결되는 '나락에 떨어져 손가락질 받더라도'와 이어서 볼 때, 진실만 쓰겠다는 의지가 내포되어 있다고 하겠다. 무의식적인 충동이나 욕망이 무의식 밖으로 나올 때 언어기호의 껍질을 쓰고 나오는데, 시인은 껍질을 벗고 알몸으로 독자와 소통할 수도 있다고 하는 것이다. 시의 기능 중에서도 카타르시스를 통한 치유를 중시하겠다는 말이 아니겠는가.

이 시집의 첫 시, 첫 연, 첫 행에 있는 '오욕칠정'이란 단어도 이 시집의 치유시학을 이해하는 데 키워드로 작용한다. 오욕칠정 중에서도 마음의 고통인 괴로움은 시인이 삶의 과정에서 만나게 되는 것이다. 집착이 내재된 마음과 육체가 겪게 되는 경험의 모든 양상은 괴로움이다. 고통으로부터 벗어나는 길은 인식의 변화에 따라 획득되는 것이 아닌가. 시인이 '쇠사슬이 온몸을 칭칭 감아도' 시를 쓰겠노라고 하는 것으로 볼 때, '나는 누구인가' '나는 어떻게 살 것인가'하는 우리 삶의 가장 근본적인 문제에 천착해왔음을 알 수 있다. 본질에 집중한다는 것은 언제나 깨어있음을 의미한다. 그가 시인의 말에서 피력한 바와 같이 그가 시를 쓰는 것은 일종의 '시에 대한 구애'다. 박철의 시작행위는 마음의 본질에 집중하여 자신의 존재성을 확립해간 것으로 볼 수 있다. '그 속에서 내가 자라고 숨 쉬는 것'이란 어구에서 '그 속'이 시 속을 의미한다고 할 때, 시인은 언어를 통한 자신의 존재 본질에 대한 탐구 과정에서 사고와 감정의 질적 변화, 즉 치유를 경험하는 것은 확실하다.

모든 글쓰기의 알파와 오메가는 첫 문장 쓰기라고 알려져 있고, 대부분의 시인은 도입부에 사활을 거는데, 박철 시인은 도입부가 아니라 결말부에 승부를 거는 화룡점정의 기법을 취하고 있다. 이는 다른 시인과 차별화되는 시적 기법이라 하겠다. 수필과 단편소설은 물론이고, 영화나 드라마, 다큐멘터리 필름도 도입부를 매우 중시한다. 리모컨이 등장한 이후, 텔레비전 프로그램, CF 제작자들은 강박증이 생겼을 정도다. 첫 장면에 승부를 건다는 것이다. 처음 몇 초 안에, 시청자를 붙잡지 못하면, 채널을 바꾸기 때문이다. 문학의 멋과 묘미는 치환에 있다. 박철은 이런 '발단의 예술'이라 불러져 온 시를 '종결의 문학'으로 인식한다. '모든 글은 첫 문장이 알파와 오메가다'를 '모든 시는 마지막 문장이 알파와 오메가다'로 치환한다. '이것'을 '저것'으로 변환하여 생성시키는 데 문학의 본

질이 있기에 김지하 시인마저도 '문학은 어불성설'이라고 하지 않는가. 이런 문학작법의 본질과 한국인의 사유구조가 귀납적 추론에 바탕하고 있다는 것을 시인은 잘 알고 있다.

마음이 쓸쓸한 날
일상의 일 접고
축축해진 마음 달래려고
생각 없이 길을 간다
들바람이
유월의 밭고랑을 넘고
콩밭의 잎들 파도를 타며
포말처럼 다가오는
하얀 물결의 노랫소리 듣는다
뭉치고 맺혀 있던 마음의 응어리
고은 햇볕 쪼이며
쉬운 길로 걸어가 본다
들풀의 향그러운 냄새 맡고
아이처럼 수줍은
들꽃의 함박웃음 보며
먹구름 밀려와도
툭툭 털고 일어서야 한다
먹먹해진 가슴
쓸어안고

생각 없이 길을 간다

-「해고 -생각 없이 가는 길」 전문

위의 시를 보면, 박철 시인에게 시는 왜 필요한가를 알 수 있다. 시인은 시인의 역할을 '상처를 치료하는 데' 두고 있다. 이 시는 해고 노동자들의 슬픈 사연을 접하고 쓴 작품이다. 시인은 이 반인간적인 신자유주의 물결 속에서도 살아남기 위해서는 '먹구름이 밀려와도' '툭툭 털고 일어서야 한다'고 말하고 있다. 시를 쓰는 순간, 시를 읽고 시를 생각하는 시간만큼, 시인은 이 부서진 세상 안에서 존재할 수 있는 것이다. 또한 박철의 시는 현실인식에 대한 치열성을 드러내는 데 그 특성이 있다. '축축해진 마음' '뭉치고 맺혀있던 마음 응어리' '먹구름' '먹먹해진 가슴' 등의 직설적인 어구로 인한 시의 느슨한 긴장미를 시인은 '들바람' '파도' '포말' 등의 구체어로 병용해서, 끓고 앓는 격정의 해고당한 근로자의 심사를 잘 말해주고 있다. 시적 화자는 저항의식을 드러내어 현실과 맞서기보다 불완전한 사회에 대한 긍정적이면서도 따뜻한 시각을 유지하는 일을 잊지 않는다. 이러한 긍정은 '쓸어안고, 생각없이 길을 간다'라는 함축적인 어구에서 엿볼 수 있다.

새롭다/새롭다

내일부터는 새롭게 시작할 것이다
시작하라/시작하라
무엇이든 다시
또 다시 시작할 것이다
생의 첫날처럼
오늘이 생의 가장 젊은 날
맞이하는 모든 사물과 친구가 되고
가장 멋진 대화를 꿈꾸어 보라
경험하지 않는 모든 행동을 하라
남들이 미쳤다고 수군거리더라도
꿈꾸는 자의 행복을 맛보아라
나의 길에
스스로 박수를 쳐라
의기양양하게 누구도 보호해 주지 않는
현실의 장막을 깨부수어라
이야기를 만들어라
무용담일지라도 멋진 돈키호테가 되고
테스형(소크라테스)처럼 살아보라

-「작은 소망」 일부

그렇다면 박철 시인이 바라는 것은 무엇일까. 그것은 위의 시 후반부, '나무를 붙잡고 씨름도 하고/돌들을 어루만지며 이야기하고/흐르는 물 위에 신발을 띄워 보내라/여행을 가자/약속 없이 이정표를 보지 말고/무작정 빗길을 걸으며/뜨거운 태양을 맞이하며/별빛을 따라/달빛 아래서 수영도 하고/휘파람 불면서 걷자'란 시구에 잘 나타나 있다. 쌀 한 톨을 일궈내는 데도 삼라만상이 참여해야 한다고 보는 게 우주 인식의 원리다. 이 시에서 가장 중요한 것은 '맞이하는 모든 사물과 친구가 되고/가장 멋진 대화를 꿈꾸어 보라'는 권고의 메시지다. 심리학적인 측면에서 볼 때, 이런 서정 자아의 권고는 시인의 개인적인 경험에 의한 주관적인 정서가 언어화된 것이라 볼 수 있다. 삶의 문제들을 '인식-도모-실천'이라는 과정을 거쳐 해결해 나간다는 측면에서, 박철의 시는 삶의 문제에서 비롯된 마음의 괴로움에 관심을 기울인 결과라 하겠다. 그래서 서양에서는 '포에트리 테라피'라는 게 있다. 시적 화자가 계속해서 한 시 안에 여러 번이나 '~할지라도'를 반복적으로 재생하는 것의 함의를 포착함으로써 역설적이게도 우리는 도전의식만으로도 치유가 가능하다는 것을 알 수 있다.

빈 의자가 눈물 나는 시간
남아 있어도 빈 공간이다
불이 꺼진다
분주한 하루는 그렇게 막을 내리고
갈 길 재촉하는 걸음걸이는 무겁다

혼자라는 생각에 눈물이 나고
외로운 사람
외로운 시간은 늘어나고
뼛속까지 시린 상실의 시간
공허함은 쌓이고
고독을 넘어
발버둥치는
혼자만의 시간
그래도 괜찮다
언제 스스로 혼자였던가
사이는 벌어지고
마음은 가까운
일상의 변화에
스스로 만족하는 공간
희망이 보인다
지구가 숨을 쉬고 있다

-「코로나19」 전문

시를 통해 자기 삶과 존재를 확인하고 그것을 증명하는 동시에, 도시적 삶의 그늘로부터 벗어나고 싶은 독자가 있다면, 감히 이 시집 한 권을 권한다. '1부'에 놓인 이 시「코로나19」는 역설적인 관점이 주는 반전의 맛이 쾌미다. 어느 날 문득 우리의 삶 속으로 침투해온 반갑지 않은 바이러스가 던지는 메시지는 단지 바이러스의 문제로 한정되지 않았다는 데 문제의 심각성이 있다. 팬데믹시대에 작가라면 코로나를 말하지 않을 수 없다. 새로운 정착과 이탈의 가능성을 찾아 바이러스는 우리의 문을 열고 초대하지 않았는데도 들어오려고 한다. 이런 생사의 경계에 살면서도 시인은 '희망'을 이야기하고자 한다. 그 근거는 '지구가 숨을 쉬고 있다'는 진술에 놓여 있다. 역설의 묘미가 빛나는 시임에 틀림없다. 이 시뿐만 아니라 많은 작품이 현실인식의 치열성을 보이면서도 방법론과 기교의 다양한 층위에서 만족할 만한 성과를 보인다는 것은 박철 시인의 시적 기량이 우수하다는 증거이리라.

'빈 의자가 눈물 나는 시간'으로 시작되는 이 시의 첫 행은 펜데믹의 아픈 우리 현실을 잘 묘사하고 있다. 시나 수필이나 첫 석 줄의 문장은 대단히 중요하다. 원래 글의 서두 기능은 독자의 시선을 붙잡아두는 데 있다. 어떤 시보다도 이 시는 서두 기능에 있어서 완벽성을 보인다고 하겠다. '남아 있어도 빈 공간이다/불이 꺼진다'에서 느낄 수 있듯이 나의 바깥에 있는, 삶의 규칙이 완전히 다른 타자와 마주쳤을 때의 변화를 이들 세 문장은 극명하게 보여준다. '빈 공간' '불이 꺼진다' 등의 어구는 시적 화자의 의지와 상관없이 자신의 공간에서 쫓겨나 비가시적 존재로 변해가는 것이다. 자신의 거처를 잃고 자신의 영토에서 추방당한 사람들은 도처에 있다. 세계의 어둠을 목격하고 그것을 읽어내는 데 그치고 고통과 한계를 고백하는 게 아니라 역설적이게도 이 시는 인간 너머의 영역에서 새로운 희망을 발견하고 있다는 점에서 문학적 가치는 물론 성취도 빛난다고 하겠다.

시인은 감각을 통해 자아를 포함한 세계와 만나고, 독자는 감각을 통해 시와 교감한다. 시인은 시를 쓰면서 자신의 마음을 가장 잘 나타낼 수 있는 언어를 선택하고, 자신이 선택한 언어를 통하여 자연적으로 자신의 내면을 들여다보게 되는 것이다. 이때 선택하는 제재는 의식의 지향성에 의해 시인이 표현하고자 하는 마음과 가장 유사한 사물이나 상황을 나타낸다고 볼 수 있다. '2부'를 장식하고 있는 '무명초' '파꽃' '달꽃' '들꽃' '낙엽' '꽃비' '자작나무' '들국화' 등의 꽃과 나무들은 자연친화적인 그의 마음을 잘 보여주는 장점이 있다. 특히 박철의 시는 누구나 공감할 만한 삶의 진리를 담고 있어 좋다. 산이 높고, 강이 길고, 하늘이 푸르고, 꽃이 아름답고, 새가 노래하는 것만 가지고는 시가 될 수 없다. 문학은 아름다움을 묘사하는 것만으로는 부족하다. 이 자연적 요소에 필수적으로 인간적인 요소가 가미될 때 그 지점에서 비로소 시가 문학이 되는 것이다. 밀턴의 『실낙원』도 아담과 이브가 영위하는 인간적 삶이 놓여 있었기에 대서사시가 되었던 것이다.

꽃이 핀다
아무도 찾는 이 없어도 홀로 핀다

태양과 물
바람과 달빛의 사랑이어라
하느님이 키운 꽃
님의 향기가 들꽃으로 피어나
우리네 설움 감싸주고
푸른 하늘 길 열어
산과 들이 좋아 그대로 산다
들꽃은 촌스럽게 이름 그대로 산다
혼자 쑥스러워 구름처럼 뭉실뭉실 무더기 이루며
바닥에 바짝 엎드려 방긋이 웃는 놈
오종종 모여서 종 주먹 들이대는 놈
초롱모양 달랑달랑 요령소리 내는 놈
풀섶에 숨어 앙증맞게 눈웃음 짓는 놈
너의 모습이 하느님인 걸
너의 향기가 그리스도의 향기인 걸
소리 없이 보면 예쁘고
가만히 보면 사랑스러운 들꽃
너는 자유스런 예수님이다

-「들꽃」 전문

시적 화자는 언제나 깨어 있는 마음의 눈으로 사물을 보는 존재다. 그러나 육안은 사물의 겉만 볼 수 있다. 시각은 오히

려 흘러넘치고 있다. '시각 중심주의' 시대다. 시는 시각으로부터 출발했지만, 이제 시는 저 왜곡돼 있는 시각과 맞서 싸워야 한다. 두 번째 시집 『예수가 죽어가고 있다』를 내고 7년의 공백이 있었던 만큼 그의 시는 예전과 다른 많은 변화를 보인다. 무엇보다도 사물을 대하는 자세가 넉넉하고 따뜻해지고, 시적 형상화도 원숙해졌다. 이런 변화는 시인의 시에 대한 고민이 깊었던 결과라 하겠다. 신앙고백이 박철 시를 지탱하는 한 축이라면, 다른 한 축은 자연과의 밀착이라 하겠다. 이 지점은 「들꽃」을 통해 확인해 볼 수 있겠다. 그가 노래하는 꽃은 '그대로 사는' 꽃이다. 누구 하나 돌봐주는 이 없어도 홀로 핀다. 물질주의 시대에 인간을 시각 과잉으로부터 '구원'하고자 시인은 시각 중심주의에 희생당하고 있는 나머지 다른 감각, 특히 '후각'과 '청각'을 복원하고자 한다. 박철의 시에는 '향기'나 '노래'와 같은 단어가 자주 등장한다. 「구절초」에도 여전히 '향기에 취해' '향기 실어' 등의 어구를 발견할 수 있다. 이 같은 감각 지향은 그가 향기 시인이라는 것을 증명한다고 하겠다.

Ⅲ

박철 시인에게 있어서 시는 무엇인가? 세 번째 시집 『홀로 부르는 노래』의 탐구를 마치면서, 그의 시는 삶의 존재 이유이며, 괴로움에 대한 치유였다고 말하고 싶다. 현실인식의 치열성에 대한 존재론적 의미를 표방하고 있는 이 시집의 '3부'는 '문단의장'의 가치를 지향하는 짧은 시로 묶여졌고, '4부'는 '사랑하는 나의 가족'이란 이름으로 가족에 대한 감사와 사랑의 정서를 피력했으며, '5부'는 '신앙고백'이 주류를 이루고 있다. 적어도 시인이라면 작가정신으로써 시가 현실과 유리되지 않아야 하고, 시는 시대를 비추는 거울로서 기능하도록 해야 할 것이다. 이 시집에는 현실의 왜곡상을 폭로하면서 현실의 모순을 타개하려는 작가의 적극적인 의도가 드러나 있어 많은 공감을 준다. 시인은 시적 형상화로 도저히 담을 수 없는 문제에는 직접 목소리를 내기도 한다. 작가정신이 넘치는 까닭이지만, 이 지점은 시의 생명인 긴장감과 함축성을 떨어뜨릴 수 있기 때문에 조심해야 할 것이다.

시 쓰기를 '신앙'으로 여기는 친구니까 앞으로도 계속 좋은 시를 써낼 것으로 본다. 세 권의 시집을 '완성'이라 생각하지 말고, 시간 날 때, 이들 시와 객관적인 거리를 가졌으면 좋겠다. 조금이라도 냉정해지면, 더 나은 구조나 시어가 보이기 시작하기 때문이다. 일반적으로 시가 너무 길거나 또 너무 짧은 것은 바람직하다고는 보지 않는다. 작가의 의무이기도 한 '저항성'을 유지하면서도 불완전한 사회에 대한 긍정적이면서도 따뜻한 시각을 유지하려는 시인의 긍정적 세계관에 박수를 보내면서 시집해설을 마친다. 진심으로 축하하며 무엇보다도 이 시집에 드러나고 있는 박철 시인의 가족에 대한 사랑, 구도자의 길에서 갖는 반성적 성찰과 기도, 촌철살인으로 진리를 담아보겠다고 한 짧은 시에 대한 도전 등 다양한 노력들을 높이 사고 싶다.

홀로 부르는 노래

박철 지음

발 행 처 · 도서출판 청어
발 행 인 · 이영철
영　　업 · 이동호
홍　　보 · 천성래
기　　획 · 남기환
편　　집 · 방세화
디 자 인 · 이수빈 | 김영은
제작이사 · 공병한
인　　쇄 · 두리터

등　　록 · 1999년 5월 3일
(제321-3210000251001999000063호)

1판 1쇄 발행 · 2021년 4월 30일

주소 · 서울특별시 서초구 남부순환로 364길 8-15 동일빌딩 2층
대표전화 · 02-586-0477
팩시밀리 · 0303-0942-0478

홈페이지 · www.chungeobook.com
E-mail · ppi20@hanmail.net
ISBN · 979-11-5860-944-3(03810)